遇见
一个人的
好时光

Meet, a
person's
good
time

吴淡如
/
著

国际文化出版公司
·北京·

遇见
一个人的
好时光

Meet, a person's good time

两条路摆前头，总会觉得没走的那一条比较好。没有哪一条路是百分之百完美，选择哪一条，都有遗憾。珍惜当下，别老想着过去与未来，就不会后悔。

CHAPTER I
【做自己】
美是一种态度 无关年龄

- 看见希望，放心做自己 003
- 我要的，我认了 008
- 当自己的伯乐 012
- 你有主动选择人生的权利 015
- 听见自己的声音 019
- 寻找真实自我 022
- 为自己的意愿而活 026
- 我相信有一种女人 028

CHAPTER II
【爱情】
善待你的桃花运

- 别错过好男人 035
- 学习成长觅良缘 039
- 初恋是一座美丽的古城 042
- 爱过不为难 046
- 别让男人为你摘星星 049
- 善待自己，善待情人 052
- 单身真的很美满 058
- 一个人的爱情历史 060

遇见
一个人的
好时光

Meet, a person's good time

CHAPTER III
【旅行】享受一个人的好时光

CHAPTER IV
【美食】味蕾上的想念

四季，各有风景 065
听海 074
所罗门王的宝藏 081
哦，耶路撒冷 088
澳洲冒险记 095
上海——有鬼的糖果屋 102
另一种朝圣之旅 108

心情好时，就回家煮菜吧 121
唇齿留香的大田原牛肉 124
随处有美食的京都 131
灵魂知己威士忌 137
城市的记忆咖啡馆 142
大阪根日本料理 148
巷子意大利面铺 150

【拾光】
用足够的时间
享受生活

CHAPTER V

【梦想】
不要让人生
再错过这美好

CHAPTER VI

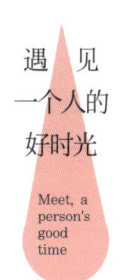

在浪漫的时光中　155
学陶学生活　160
选一块自己喜欢的入门砖　166
你选择的娱乐方式决定你的未来　169
忙碌也是享受人生　174
一边工作一边玩　179
游荡的人最富有　181
陪伴　189

租来的人生　197
我要我要的幸福　202
永远不要放弃登高望远的权利　210
为自己读一个好价钱　216
用愿望问宇宙下订单　224
远离颠倒梦想　228
我只是在和自己比赛　235
赚钱、赚友情，也赚人生　243

遇见
一个人的
好时光

Meet, a person's good time

游荡是为了等待小小的未知,享受小小的未知。那是有一点安全感的未知。我在汲汲营营的生活中最好的解药。

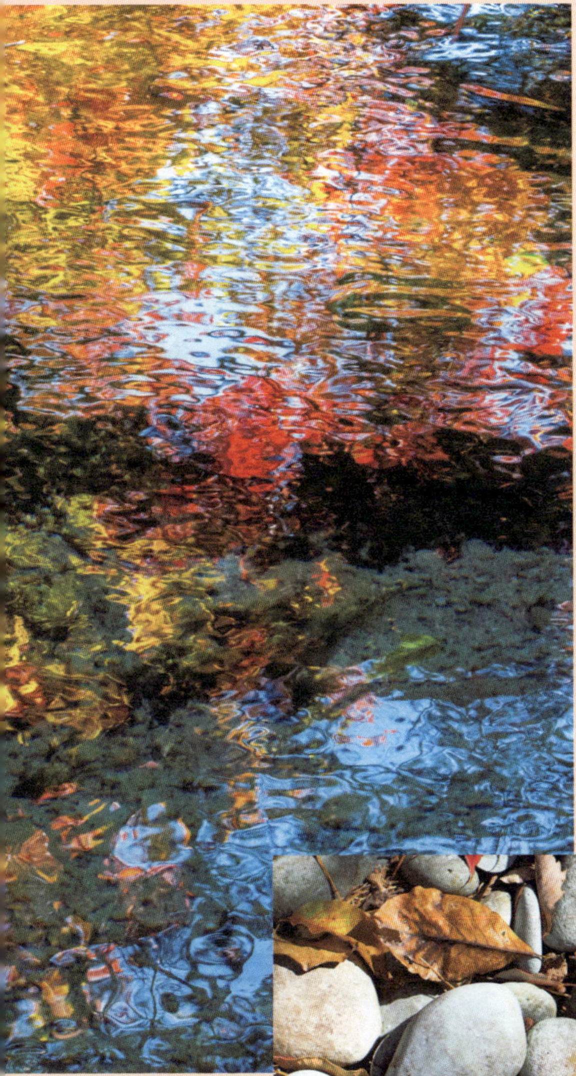
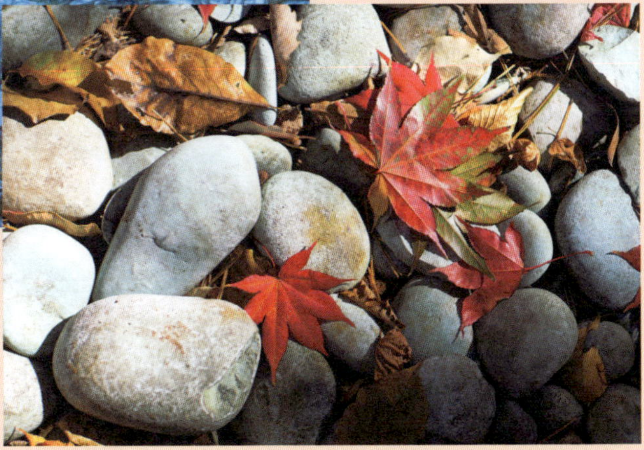

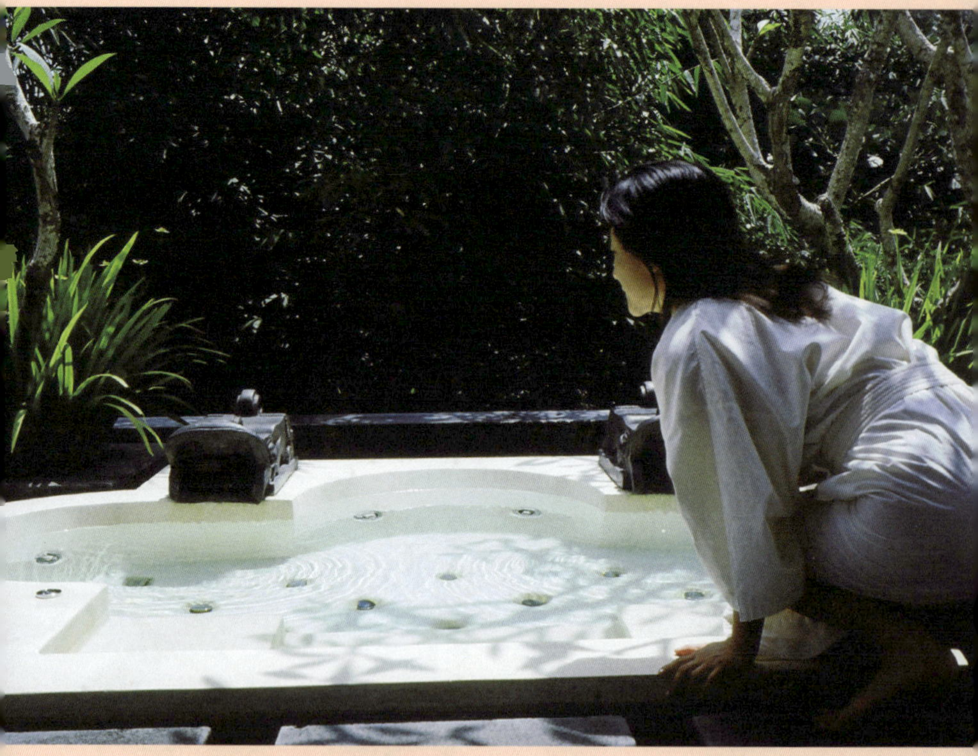

我相信，不论我用什么语言，冥冥之中或苍天之中，必有垂听我召唤的声音。我知道宇宙的浩瀚和人的渺小，尽人事之后只能听天命。对于目前所有我也充满感恩，因为我的领受一直如此丰盈。

遇见
一个人的
好时光

Meet, a
person's
good
time

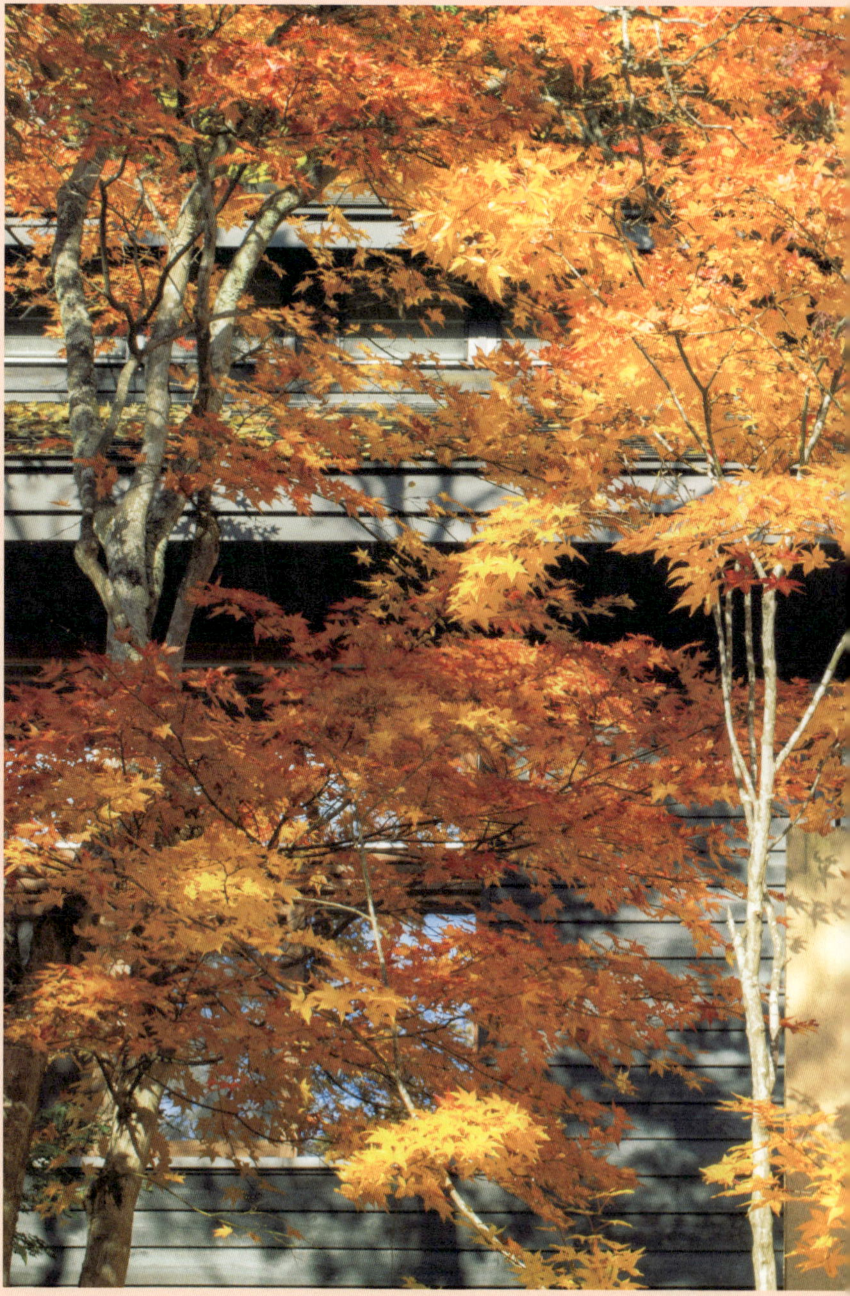

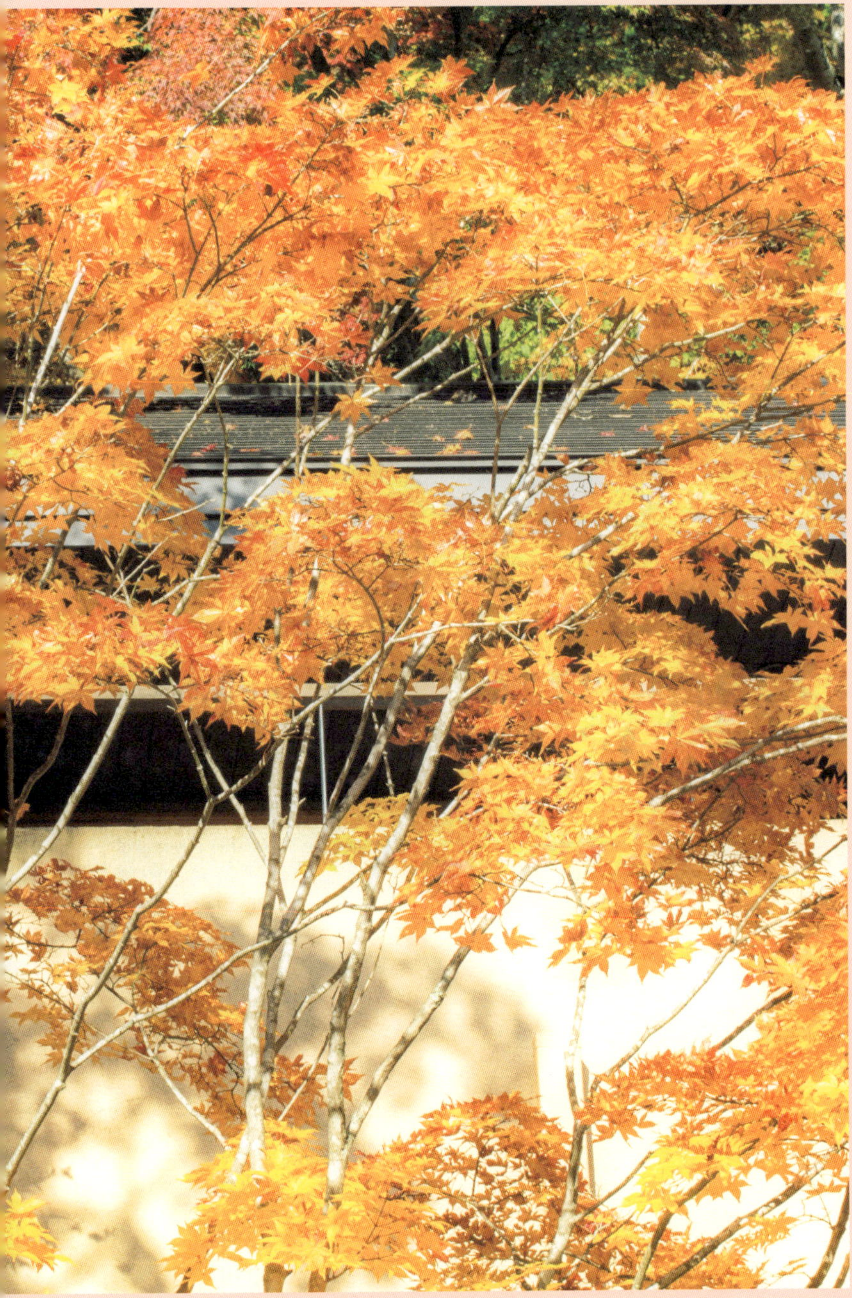

实现梦想是场马拉松赛,没那么容易,总有撞墙期,但若在中途放弃,就会永远跑不完。最初的梦想不必远大,先完成小的,你会开始欣赏自己,梦便自己做大了。

遇见
一个人的
好时光

Meet, a person's good time

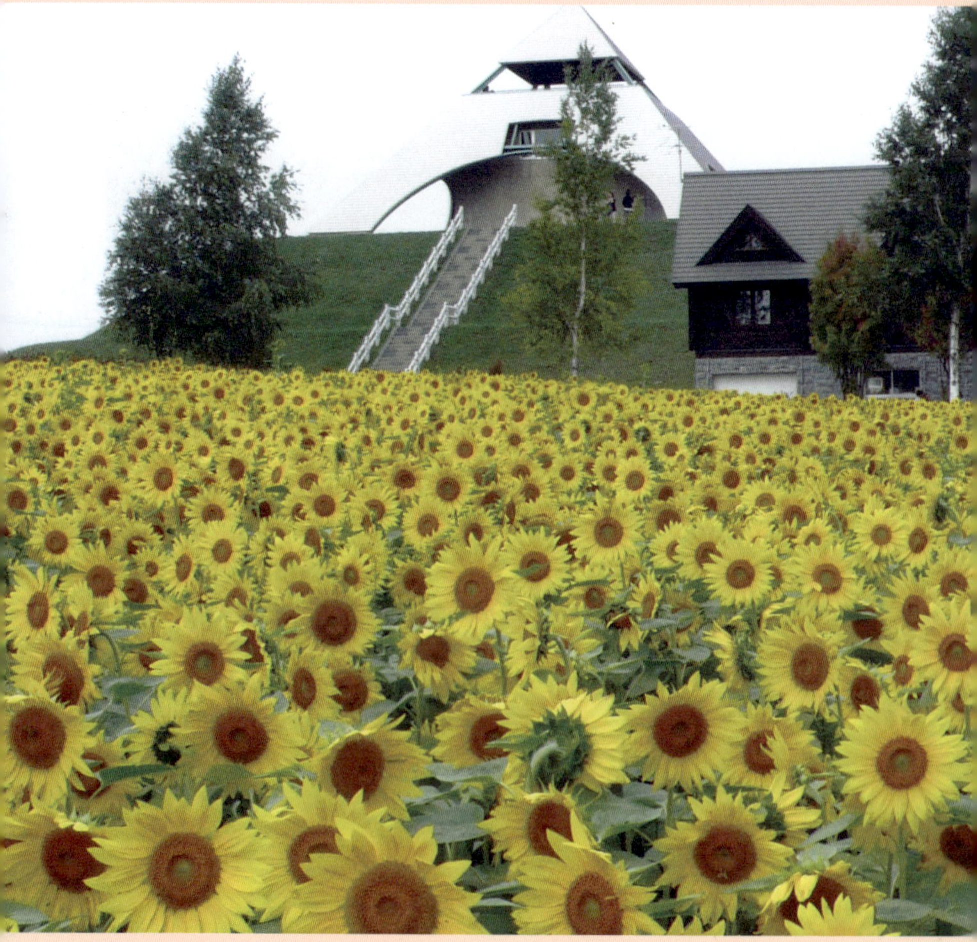

多么感激这个世界，有那么多不一样的样子，丰富到任何人花一辈子的时间也游逛不完，所以，身为一个热爱旅行的人，总可以因为下一个目的地而眼睛发亮。

遇见
一个人的
好时光

Meet, a
person's
good
time

遇见
一个人的
好时光

Meet, a
person's
good
time

一个人在海边，随着海潮打滚，梦一般的凉意，混合着夕阳的气息，我又哭又笑，一个人，安慰自己，人生如潮起潮落，没什么好受不了，有起落，才有期待，有低潮，才有前所未有的潮起。

只要你真心许下愿望，就会有一股力量帮助你成功，
你所期待的幸运才能降临在你身上。
尤其是深陷不幸和面临挫折的人，
更需要相信自己有迈向美好未来的可能，
生命必然会因你的期许而出现转机。

Part 1　做自己
美是一种态度，无关年龄

幸福的桨已牢牢握在她手中,没有人能夺走,所以她能度过人生中必然有的惊涛骇浪,找到自己喜欢的生活节奏。不管她们嫁或不嫁、嫁给谁,都幸福。

看见希望，放心做自己

当现实世界让人失去胃口的时候，幻想世界就变得很迷人。"哈利·波特"、"魔戒"在全世界都受欢迎，我也不想免俗赶个流行，把趣味心理测验的场景调到魔法森林吧！

欢迎进入魔法森林

魔法师众卿，现在就请加入探险的行列！

1.如果有人要送你一件法宝，当成你的生日礼物，你直觉上最想拥有的是：

A.可以无入而不自得的隐身衣

B. 可以到任何地方去的飞天扫把

C. 可以找到任何想找的人的送信猫头鹰

2. 现在，你走进了魔法森林，闭着眼睛想一下，你置身在：

A. 樱花林

B. 竹林

C. 桧木林

3. 忽然间，身边的矮树林发出了沙沙声，是什么东西出现了呢？

A. 恐龙

B. 响尾蛇

C. 小狗

4. 出乎意外的，树林里出现的是一只面目狰狞、三头六臂的怪兽，身为魔法师的你该怎么做？

A. 施展魔法干掉他

B. 逃之夭夭

C. 找更高强的法师对付他

5. 怪兽竟然把最好的朋友变成物品，想想你最好的朋友的样子，再回答我的问题，他变成了：

A. 蜡烛

B. 宝石

C. 书

6. 还好,不多久你的朋友就恢复了原状。你决定继续上魔法学校充实自己,你最想上的课是:

A. 黑魔法防御术

B. 炼金术

C. 奇术饲育学

D. 占卜术

现在,我们来解答吧!

1. 你所选的法宝代表你目前的渴求:

A. 隐身衣——偷窥狂,对八卦最有趣,可以媲美狗仔队。

B. 飞天扫把——想翘课或翘班,到处去逛逛,只要不上课、上班都好!

C. 找人送信的猫头鹰——不是心中有暗恋的对象、爱在心中口难开、真想把爱说出来;就是心中有个深藏的秘密,再不说出来的话会憋死!

2. 魔法森林代表你对未来生活的看法:

A. 樱花林——醉生梦死也没关系,只要有恋爱可以谈。

B. 竹林——两袖清风也没关系,只要活得问心无愧、做自己想做的事情。

C. 桧木林——壮志凌云,心比天高,想要闯个大事业。

3. 矮树林里的沙沙声,什么东西出现了?测试你的乐观程度:

A. 恐龙——杞人忧天的你总是高估困难,总是被自己打败。如果你看到的是暴龙，严重性再加一等，别把自己吓成神经病哦！

　　B.响尾蛇——常担心被小人害、有人在背后说你坏话。

　　C.小狗——神经很粗，天塌下来也不在乎，乐观到粗枝大叶的地步。

　　4.遇到三头六臂的怪兽，从你对付他的方法可以看出你的勇气：

　　A.施展魔法干掉他——好处是自信心强，坏处是有勇无谋。

　　B.逃之夭夭——好处是深谋远虑、保留实力，坏处是常想逃避挑战、贪生怕死。

　　C.找更高强的法师对付他——好处是明白自己的实力，坏处是心存"死道友不死贫道"的想法，跟他做朋友，可能会被当成挡箭的盾牌。

　　5.怪兽把最好的朋友变成什么东西？暗示着你对友谊的看法：

　　A.蜡烛——喜欢朋友为你两肋插刀，肝胆相照，但自己未必做得到。

　　B.宝石——有潜在的势力眼，喜欢交有钱的朋友。

　　C.书——以比自己博学多闻、成绩好的朋友为荣。

　　6.从你最想上的课，可以看出别人对你的看法：

　　A.黑魔法防御术——防卫心很强，因为怕被伤害，所以常常武装自己。

　　B.炼金术——是个积极进取的人，满脑子功利主义。

　　C.奇术饲育学——你很有爱心，但控制欲也很强。

　　D.占卜术——你最向往虚无缥缈的东西，在别人看来，是个不切实际、涉世未深、不食人间烟火（或不知民间疾苦）的家伙，好歹有时回到现实世界里头来吧。

欢笑是如此重要

我喜欢在每本书前面设计一个心理游戏,它是一个充满阳光的魔法小森林,想偷取的是你的笑声,邀请你走进更奥妙的世界来!

这个心理游戏,准的话仅供参考,请勿迷信。不准的话就当训练大家的影像想像力;不要怀疑,你如果能够毫不犹豫的答完这些问题,保证你是个想像力丰富的人!

请带着欢愉的心情走进来。毕竟,人们苦思过的种种道理,都只能在欢笑声中心悦诚服、在会心一笑的时候忽然领悟,如一线光芒,照进心灵深处。

幸福是糖,笑声似水;如糖溶于水,幸福也是一种只能溶解在笑声中的元素;人生中的考验是火,虽然熊熊烈火也可以把糖熔为糖浆,却不能立即下咽,也得待它冷却后加点水,我们才能享受到幸福的味觉。

欢笑就是如此重要。

但愿每一位读着这本书的朋友,都能会心一笑,在书中看见自己的向光性,放心做自己。

我要的，我认了

在演讲会后我遇到一个圆圆脸、有着比一般娇小身材还更娇小的身材、灿烂笑容包含感染力的女孩。她很愉快地对我说："我是个小学老师，今天下班后赶得好辛苦，就是要来听你演讲！三年前我念台湾'清华大学'的时候，就在校园里听了你的演讲，你知道吗？那个演讲可能改变了我的一生哦！"

"你也未免讲得太夸张了吧……"我当下认为这样的赞美真的是太"溢美"了。

"我不骗你，我下个星期就要结婚了！我的对象就是以前我们班上那个最高最帅的男孩！"她的语气里有一种"飞上枝头当凤凰"的骄傲，我也不自觉地感染了她的兴奋与期待。

主动就是赢家

"这与听我的演讲有什么关系呢？"

"三年前我听你演讲的时候，我递纸条给你，问你女追男行不行？你说：为什么不可以？现在的好男人越来越害羞了，自尊心也很强，他们也一样害怕没追到会丢脸，常常是爱在心里口难开。如果两个人都不开口，两人之间那一层由自尊心形成的薄膜会变得坚强而不易破，等齿摇发白了才来说"本来我很喜欢你"，把大好时间都耽误在猜测和揣想中，不是很可惜吗？所以我就决定采取主动，对害羞的他百般示意，我们从念书时一路走到现在，终于，下礼拜要结婚了！"

她毫无停顿地吐出了一长串话语："我知道我的条件在女生中不是顶好的，如果我当初因为自卑，没有积极主动一点的话，那就太亏了，不是吗？而且你说得对，没经验的男生最好下手啦！我那时就抱定主意，就算我们的恋爱不会有什么结果，我也会是他永远忘不了的初恋，至少我也拥有不后悔的爱情经验！"

她虽然不是个一般人眼中的美女，但却是那种时间久远之后，你会忘了她的面貌，却永远不会忘记她的开朗的女孩……我和她相视而笑。

爱情这样的事，总是知易行难，很高兴她竟是一个勇敢追求所爱，也算有丰富收获的人。

"很多女人看到我的男朋友，都很诧异，这么一个又高又好看的电脑工程师怎么会跟我在一起，总是带着酸酸的口气问我：他条件那么好，将来会不会见异思迁呢？我都会回答：没关系，这是我要的，我认了！

"我要的，我认了"这句话像印章一样，刻在我的心上，伴随着她"咯咯"的笑声常在我耳边回荡。

悲情女子缺乏的气魄

什么事不都一样吗？人生是迷离的棋局，没有固定的棋盘。幸与不幸，快乐与不快乐之间，也没有楚河汉界，更没有任何一着棋是稳当无失的。我们能够给自己最好的承诺，也不过是：我要的，我认了！

一些常在爱情中悲诉自己一生被辜负的女子，缺乏的不都是"我要的，我认了"这种气魄吗？

抱怨没有好男人的女人，总是比找不到对象的男人多，最重要的原因，是她们多半只是"守株待兔"地等待着好男人来追自己。如果本身条件卓越，有10个人追求，她便有十选一的机会，就算有十选一，说是"选择"，其实还是"被选择"；然而男人总是主动追求者，他们可以在1000个女人中选择最喜爱的那一个，才发动攻势，他选择的机会是千百中选一，就算他不好，他也有机会找到一个他眼中的好女人。

男人好像比较能够在婚姻中得利，并不是女人比较命苦，而是他在婚前就比你有选择权。不像大多数的女人，只会在爱情的大舞会里当"壁花"，幸福的"机率"理所当然比较大。

爱情的风向自己决定

怨女的问题常是：他选了好女人，而你被动接受一个不是很满意的男人。

就算眼光有差池，这世间的怨男还是比怨妇少很多，只因"他要的，他认了"！只有女人会说："当初好多人追我，他可不是条件最好的那一个，也不是我最爱的，我只是看他老实，看他追得紧，才接纳他，没想到他还负我！"

被自己选择的人误了，就怪自己眼光差，跌了满身伤，也比较甘愿些；若是被自己不得不接受的人误了，那才令人生气呢！感觉当然是"赔了夫人又折兵"。我要的，我认了！如果人人能有这样的坦然与豁达，世间哪来那么多旷男怨女？在这个时代，我最害怕听到爱情专家还在告诉女人：女人像油麻菜籽，飘到哪里长到哪里，只好坚强点。何必那么悲悲切切？这可是 21 世纪了，我们其实可以决定爱情的风向了！

当自己的伯乐

不久前,有一位曾赢得世界冠军的大陆羽毛球选手熊国宝来台。记者照惯例问他:"你能赢得世界冠军,最感谢哪个教练的栽培?"

木讷的他想了想,坦诚地说:"如果真要感谢的话,我最该感谢的是自己的栽培。就是因为没有人看好我,我才有今天。"

不要埋没自己的天才

原来他入选国家代表队时,只是个绿叶的角色,虽然球已打得不错,但从未被视为是能为国争光的人选。他沉默寡言,年纪又比最出色的选手大了些,没有一点运动明星的样子,教练选了他,并不是要栽培他,只是要他陪着明星选手练球。

有许多年的时间,他每天打球的时间都比别人长很多,因为他是好些队友的最佳练球对象。拍子线断了,他就换上一条线,鞋子破了补一块橡胶,球衣破了就补块布,零下十几度的冬天,依然早上五点去晨跑练体力。

有一年他入选参加世界大赛时,第一场就遇到最强劲的对手,大家都当他是去当"牺牲打"的,没有人在意他会不会打赢。没想到他竟然势如破竹地一路赢了下去,甚至赢了教练心中最有希望夺冠的队友(他实在太清楚大家的球路了),得到了世界冠军,一战成名。

没有伯乐,他一样证明自己是千里马。

他的故事很令我感动。

我们当学生的时候都念过一篇有关千里马的文章,大意是这样的:有伯乐,才会有千里马,如果没有伯乐的话,本来资质很好的千里马,可能沦为每天做苦工、在马厩里头吃劣草、病死了也没人知道它是飞毛腿的马。

也许大家都因而相信,一定要有伯乐出现,看出自己的潜能,并且尽力栽培,自己的天赋才能够发扬光大。

于是有很多自认为是怀才不遇的千里马,一直埋怨时运不济,为什么伯乐都没有出现,害自己埋没了天才。

启动自己奔驰的能量

其实,千里马和伯乐的关系,暗喻的是臣子与君主的关系,在现代的成功学上未必适用。人也跟马大不相同,马无法自己找主人,而多数的成功者,却都能以一种天生的嗅觉,好像蚂蚁闻到甜食的味道一样,自己走出一条无形的路来。

直到他们成功之后,有人要他们说出他感谢的人,他才回顾来时路,把对自己有恩的都记在心上,时时挂在嘴边。

仔细检视起来,每位伯乐所扮演的都不是"一路扶持、始终相依"的角色,多半只是一个使他走向某一条路的启蒙者、一位曾经鼓励过他的恩师、一个精神支柱,甚至是一个曾经打击过他、说过重话的人。他或许陪过成功者一段,但终须放手,最重要的障碍还是成功者自己跨越的。

没有任何的成功者是个让诸葛亮费尽心力来扶持的阿斗。

成功的人其实都是自己的伯乐,只是不敢完全归功于自己。

千里马一样要练跑,才能日行千里。如果成功者是千里马的话,那根要自己跑快一点的鞭子,百分之九十九是握在自己手中的,方向也是自己操纵的。

奔驰的能量,则来自于心中源源不绝的热爱。

你有主动选择人生的权利

有位来宾来到我的广播节目，我们谈的是许愿。

只要你真心许下愿望，就会有一股力量帮助你成功，你所期待的幸运才能降临在你身上。尤其是深陷不幸和面临挫折的人，更需要相信自己有迈向美好未来的可能，生命必然会因你的期许而出现转机。

我们请此时希望能够许愿的人打电话进来。

别因负面选择断送幸福

不久，一位声音悲怆的听众打进来。她说她的情路很坎坷，很年轻的时候就认识了一个不对的男人，明知他不好，却傻傻地跟他结婚，生了一个孩子。

他不养家就算了,还和公司的女同事有了外遇,她受不了,在他和第三者的联手逼迫下,只好跟他离婚。离婚后才发现,他用了她的名字欠下一笔钱,带着孩子的她还得帮他还债。

她今年只有三十二岁,离婚已经八年了,讲起这一段往事,语调在悲哀中带着愤怒。虽然她说:"没关系,我已经原谅他了。"

听起来不像。我想,她是在试图原谅他。

"你想许什么愿望呢?有没有渴望再遇到一个真正爱你的人?"我问。

"我希望不要再这么倒霉,一个人的日子也很好……我希望自己不要被裁员,孩子不要再生病……"

她的愿望充满了否定句。这些愿望很寻常,但都是消极的。

在我们的提醒下,她改用了肯定句。

"……我希望我的孩子身体越来越健康,好运降临在我身上;而且,能遇到一个爱我的好男人!"

瞬间,她的语气有很大的不同。

她和我们之中的许多人一样。我们有很多愿望,但因为潜意识里不相信自己能够那么幸运,所以常用消极的方式来许愿;或者在人生的紧要关头,逃避最佳选择。

这些年来,在我的观察里,不少条件好得不得了的人,常是因为"负面选择"断送了自己幸福的权利。比如，有几位我认识的俊男美女，情路都非常不顺利，和他们聊起自己的心路历程，我常听到类似的话语，比如："我啊，反正我的爱情注定是个悲剧。""算命的说得对，我就是小老婆的命。"

一直抱着这样的想法，仿佛不断地在对自己诅咒，感情怎么可能顺利？

有的诅咒并不是来自内心深处，而是别人附加给你的不快记忆；然而，它却也对你的灵魂日日洗礼。

比如，有位美丽又能干的女性朋友，从很年轻到现在，明明都有很多人追求，但她老是会选到其中最烂的那一个。为什么呢？某次失恋后，她语重心长地分析自己："我想，我妈的某一句话对我有很深的影响。小时候我长得又瘦又干。她曾对我说：将来有人喜欢你就不错了。"

这使她不敢接受条件好的男性追求，深怕自己"承担不起"。

相反的，我也看过不少成功的创业者，他们最常对自己说的话，都有着正面的鼓舞意义。不管待人接物再怎么谦逊，他们在决定做一件事时，都有"快、准、狠"的特质，会看准目标，对自己说："那就是我要的东西。"

就像刘邦看到秦始皇出游时所说的"大丈夫当如此也"。

相信是一种力量

相信就是一种源源不绝的力量。

不少的女人，不管再怎么聪明优秀，都有或多或少的"为自己设天花板"的问题。

不敢跟别人不一样，不敢沟通，不敢说真话怕惹别人生气，不敢成功，不敢接受失败，不敢果决，不敢说不，不敢争取，不敢追求梦想，不敢改变，不敢主动向自己喜欢的男人示意，甚至不敢接受太好的男人追求……甚或还不敢理财，不敢选择自己喜欢的职业；只是被动地接受降临在她面前的一切，把所有的希望寄托在身边的人和自己的孩子身上。

什么都不敢，幸福快乐也不敢降临到你身上。

正面的许愿很重要，代表你相信自己有主动的权利选择自己要的人生。

正面的许愿是对自己的精神喊话，我们有必要告诉自己：你可以。

有些事，想来会让你坐困愁城，如果你肯主动出击，就会发现让你头痛的怪兽，只是一粒小小的芝麻。

请运用主动力，把你心中的门打开！

听见自己的声音

那是多年前一个燠热的下午,当天的温度大概是入夏以来最高温吧,我赶往演讲会场,一进门,就发现状况不妙。

这是由一个电视台所办的演讲,为了配合一出主题与女性的刻苦耐劳精神有关的连续剧上档,该台特地办了一个看似有深度的两性演讲系列,作为宣传之用。

有了一些演讲经验,但并不算是个中老手的我开心地接受了邀约。主办人言明:虽然没有什么酬劳,但会在电视台大打广告宣传,供观众索票,当时对一个作者而言,已是一种殊荣。若非电视台主办,哪一场演讲可以动用到昂贵的广告时间呢?

跟"不可能"赌一赌

前一天,主办的小姐还很高兴地告诉我,门票被索取一空,会场必定人山人海。

然而真实的状况远超乎想象,我到会场前已有一位教授级的人物在台上演讲了,原来他们把两场演讲排在一起,要听众连续参加长达四个小时的讲座,这种作法确实高估了听众听课的能耐,恐怕只有直销集团的讲座,可以让听者无怨无悔的支撑这么久吧!

更糟的是可以容纳千余人的会场只有七八个人。不是说一票难求吗?主办人也很不好意思地对我说:"……我也不知道,为什么会这样,可能是天气太热了吧!打电话来要票的人真的很多……"

我真佩服台上这位教授,他可以完全不管台下反应,一个人用让人听得不太清楚的国语一直讲下去。听众们大多睡着了,因为几乎都是七十岁以上的老人家。

场面实在尴尬,我真的很想逃走。

两脚不断的想往外逃,只靠奄奄一息的理智把自己拉回来。

最难熬的一瞬间,在于上一位演讲者下台的时候,竟然一点掌声也没有。主办人要我马上接下去讲,我实在不忍心疲劳轰炸那些昏昏欲睡的老人家。这时,有一个声音开始对我说话:"照原定计划讲吧!就当它是一个考验,如果你可以顺利讲完这场演讲,任何一个场面都不会为难到你。"

就跟"不可能"赌一赌吧,我决定尽力,不管有没有人听,我的热诚不能因为没有掌声而褪色。

急难时拔刀相助

我完成了这场最无法承受的演讲后,有一位老先生走过来,以浓重的乡音对我说:"小姐,我不认识你,你叫什么名字?你讲得挺不错的,本来我只是进来吹冷气睡个午睡,没想到听你讲故事还很有趣!"

还有位老太太走过来拉我的手:"我以为进来会看到连续剧的女主角呢,你在里面演什么角色?可不可以告诉我?"

我很感谢那个在急难时拔刀相助的"自己的声音"。果然在此后,就没有任何局面难得倒我,包括被我视为是"横跨两岸最大挑战"的上海复旦大学演讲(我怕的是两岸语言、风情不同,与听者有隔阂),和多年前那场演说比起来,难度也不到五分之一,我成功了。

虽然有些尴尬和不满,还要露出微笑、表现出水准,才是演说者最大的挑战。我一直很感谢那场没几个人来听的演讲,它仿佛是命运别出心裁的安排,让我明白,原来在危急时刻,我会听到"自己的声音",安抚自己,且选择一条必须走的路。我明白:因为我改变了态度,环境变得不再那么不舒服。当环境无法改变,就和自己玩个游戏,改变态度吧!

寻找真实自我

从前有一个呆子，在路灯下埋头寻找东西，邻人问他，你在找什么？

"我在找针，"他说，"刚刚缝完扣子，针掉了。"

"你在路灯下缝扣子？"邻人好奇地问。

"不是，在家里。"

"为什么跑出来找呢？"

"因为这里比较亮，人家不是说，亮点儿比较容易找到东西吗？"

这个世界应该是由聪明人领导的，不是吗？可是我们常在领导下，在不该找答案的地方找答案，在该用力的地方不用力。

各种青少年事件发生之后，只见大家发起了一些"防范青少年犯罪"

的会议；桃色新闻一多、离婚率一高，就有些"道德重整"协会来呼吁大家"拒绝婚前性行为"；这些日子以来，我们常看到很多应该是很聪明的人，把得了精神官能症的人送进外科手术室，想要为他做断手断脚的手术。

也有人注意到，为了明天会更好，也许教育也有问题，但也一样犯了在光亮处，而不是在针掉的地方找针的毛病。

教科书使我们和真正的生活迢迢相隔

我们离开牙牙学语期之后，开始面对一连串的训练，这些训练，有一个很堂皇的名词，叫做"教育"。我们不断地吸收来自教科书上的"死"的知识，参加各式各样的考试，学校要我们乖乖"坐"在课堂上的时间，其实和重刑犯被关在牢笼里不见天日的时间差不多。

我们所受的教育越多，花时间念教科书的时间越多，我们就不得不和真正的生活迢迢相隔。

有没有人问过，教科书里的青年守则和花木兰从军和社会新闻版上的青少年虐杀少女及军中弊案、年轻士兵在军中举枪自尽的新闻之间，差别到底在哪里？没有，我们已经习惯将在课堂上"读"的和真正会发生的事情当作两回事。

所以，我们会看到一个念研究生的成绩优异学生，下海当公关公主，然后"一时忍不住"杀害了如姐妹般的同班同学，只因为一个混乱的感情问题；当然，也不要把矛头对准青少年，我们的成人社会已经是一团乌烟瘴气，不知道有多少谆谆教诲女儿不要交男朋友的父亲，正身体力行的催生着雏妓问题，没有人认为自己有错。

人生中最重要的问题学校没有教

很多人看到一些问题，也很热情的成为社会中知名的"革命者"，但这些人可以在政坛上义正辞严地侃侃而谈，却在面对儿女私情时，以一种比"正常人"更不经大脑思考的方式来反弹和报复。

想推翻某种既成的制度，确实会在身躯内制造出动人的交响乐，让我们感觉到自己不可一世，但是，我们大部分的人都不是革命者，我们所能做的，该是检讨自己了。首先我们必须了解，不管你受了多少教育，有三个人生中最重要的问题，学校并没有教你，再严格要求你或慈爱呵护你的父母也没有教你：

第一是怎样做自己：什么是你真实的自己？你的个性是什么样的？你与众不同的地方在哪里？你在你的人生中要达成什么？你的生命出口在哪里？

第二是怎么面对感情：大人们不知道想到哪里去，常把"性教育"变成"两性教育"，再怎么推广，也只是谈到皮毛，似乎只要求女学生不要带着大肚子来上学而已。很少人想到，性教育是生理的，而两性教育是心理问题。我们能混则混，还在以"传宗接代"当做爱情的正当归属，忽略问题只会创造更多问题。现在，只要你打开社会新闻版，你会时时看到大人们正正经经筑的水坝，已经有无数的裂缝源源吐出水来，法律只是沙包，挡不住将来的巨浪滔天。

  第三是怎么样快乐过日子：好像大家生来就是来受苦的，所以，很多人不成功不快乐，成功了也不快乐；没钱的时候不开心，有了钱更觉受苦。

  这三个问题，你想过了吗？还是打算，继续混下去？和我们的下一代和下下一代，以及我们的自我，永远无知无明地混下去？

为自己的意愿而活

世界上最酷的总统夫人，应该是西西莉亚了。

她是史上任期最短的总统夫人。萨科齐选上法国总统之后不久，她就决意要离婚了。

她很美。身高一米七八，五十岁，曾经当过模特儿的她，仍然美得耐人寻味。当她在总统就职典礼，带着她与前夫生的两个女儿、总统与前妻生的两个儿子，还有她和总统生的一个儿子——五个漂亮的金发少年，穿着 Prada 的洋装出现在法国人民眼前时，每个法国人，几乎都爱上了这一个梦幻家庭。

没有人觉得她过去的绯闻值得计较。

她曾经是萨科齐的外遇对象。传闻萨科齐在担任市长时，曾经替她和她的前夫——一位法国电视界名主持人主婚，当场他就爱上了高挑美丽的新娘，心想，她跟我才是真正的一对。

萨科齐从那天之后就疯狂追求新娘，两人陷入爱河，弄得双方伴侣精神崩溃。

两人终于都离了婚，终成眷属。有二十年的时间，她为了他的政治前途尽力。这几年来，他的仕途越来越成功，她的绯闻也渐渐多了。

她还曾经和一个人私奔纽约，不管他人争议。回国之后，努力帮丈夫助选。

她还飞到了利比亚，从死神手中营救了六个医护人员，勇气令人喝彩。

当法国人将她视为他们的"黛安娜"王妃时，她离了婚，说：我妈要我挺直背脊，永远要带着高贵气质，我不能说谎。

就算曾经爱过，不爱就是不爱了。她一点也不吝惜总统夫人这个角色。

美国总统邀请萨科齐家人进餐，她拒绝参加，宁可和朋友们在一起闲聊，照片被狗仔队们拍到了，她也不在乎。要与不要，都由她决定。

她应该是史上最自我、最有个性的第一夫人。

这样的女人，大概只有在法国才能出产。法国人，既接受最传统的，也容纳最反传统的，他们可以从每个极端中寻找终极的美感。

或许你很难为多变的西西莉亚喝彩，然而有谁的一生，敢这样为自己的意愿而活？敢这样离经叛道地爱？敢这样潇洒地在最华丽的位子上离开？

我相信有一种女人

有一阵子，台北连绵阴雨，忽而有一天，中午突然放晴，好不容易发现下午没有任何工作行程的我，赶紧打电话回家，要公公婆婆带着孩子，和我一起到一家古老建筑改建的私房餐馆吃午餐。

我很喜欢那家私房餐馆，并不是因为它的菜色。它处于闹区之中，有好几十年，几乎荒芜在杂草间，这两年，主人从国外回来，将它略加修整，成为一间别具特色的餐厅。

在这里，我巧遇到一位朋友。她也和我一样，趁着大好天气，前来赚取大好心情。"啊，真舍不得浪费难得的阳光，就约了朋友出来——看，活在台北好幸福。"她在灿烂阳光下眯着眼说。

我一直很欣赏她。她是美食家、作家，也做得一手好菜。她对于佛学有相当的研究，也酷爱旅行。面对世事，她始终有一种安安静静的从容。

她写作的题材很广，偶尔在广播节目里访问她，我常惊讶于她的写作角度之丰与题材之广，她淡淡地笑道："啊，反正我闲闲没事嘛，瞎写。"

很难想象她已经过了 50 岁，从外表上看来，她仍然有少女的气质，很像三毛《橄榄树》里描写的人物。

我还记得，她自幼丧父，少年孤苦，没有结婚，向来不喜欢安稳固定的工作，养活自己倒也无虞。也记得她曾告诉我，由于家族遗传，她的更年期来得早，37 岁就到了（我听到的时候相当心惊胆颤，因为那年我刚好 37 岁）。

但她这样的人，好像永远与悲愁沾不了边。

总有一种淡然自若、气定神闲。她有很多喜欢和她相处的朋友，因为她是个很迷人的女人。

迷人，则是因为她活得很好。总在做自己喜欢的、想做的事情。

活得好的人像阳光，总会不自觉地散发着自信的温暖。

你的幸福只和你自己有关系

我们常常以为，只要……我们就会幸福了。

我想说的是，其实，你幸不幸福，和你的爸妈是否庇荫你，成长过程是否平顺，是不是拥有婚姻，是不是有孩子……未必有直接关系。

和你的心、你的个性、你的相信，比较有关系。

我也看过很多什么都有，但是活得很不幸福的女人。她们在人群中很容易辨认，总仿佛有一朵沉重的乌云罩在她们的头上，眼睛像两潭死水般。

不幸福的女人是有共同特色的，那就是——

怪自己的父母。怪自己的男人。怪自己的孩子。怪自己的运气。怪自己的基因。怪一切拖累了她，让她没有办法做自己。

一直在怪别人，把怒气发泄在不顺心的人事上，以为怒气发泄完自己就会变得轻松。

我也记得几年前我在印度旅游时，曾与一位在当地住了一年的西方女子深谈。她谈到自己的故事：过去她曾有两段婚姻。每一段，都因先生有外遇而收场。

她说，第二次婚姻，当她不小心在出差后提早回家，发现先生和第三者（刚好也是她的朋友）就在他的住处亲密地在一起时，她全身不自觉地颤抖、歇斯底里尖叫的同时，心里浮现一个充满仇恨的声音："看，你又失败了，你为这个男人做了这么多，他还辜负你！怎么会这样，命运在诅咒你，给你一样的东西……"

当她企图抓起身边最能砸伤人的东西丢过去时，她刚好看见房里的镜子。镜子里出现一张愤怒而扭曲、实在不可爱的脸。此时，另外一个冷冷的声音出现了："如果我是男人，我也不会爱你。"

她忽然平静下来。如果连她也不喜欢自己，凭什么要别人一辈子忠心不渝地守着她？

她发现，她的人生困境不在于老公有外遇，也不在于婚姻失败。最根本的原因是，她一点也不喜欢自己的生活，她从来就像一条奄奄一息的鱼，被困浅滩。婚姻的重复失败只是提醒她，别以为得到婚姻就可以纾缓她的人生困境。

如果女人，不为自己做什么，不为自己找乐趣，不尝试改变，只是责怪：有东西阻止她的快乐。那么，嫁给谁都不会幸福。

嫁给谁都幸福

我相信有一种女人，嫁给谁都幸福。

因为幸福并不是掌握在别人手中的，而是放在她心中的一种能量。她自己活得好，而且懂得解决生活疑难，用理智与平和面对生活中可能有的波折。她有想要追求的东西，懂得取和舍。

她不累积负面能量。

她的性格成熟了，再也不会为任何事扭曲自己的意愿，所以，也不会依傍着不适合的男人折磨自己。

幸福的桨已牢牢握在她手中,没有人能夺走,所以她能度过人生中必然有的惊涛骇浪,找到自己喜欢的生活节奏。

不管她们嫁或不嫁、嫁给谁,都幸福。

好取悦的人,知道表达自己的欢喜和感恩。
他不期待人家为他种植一园鲜花,
但人家会自愿开心送花来,让他活得花团锦簇。
做一个好取悦的人,是善待自己,也是善待情人的第一课。
而善待情人,是幸福人生中的必修功课。

Part 2 爱情
善待你的桃花运

我很遗憾，这个每天都有人相爱的地方，没有人告诉你，要有什么样的基本心态，才有资格谈恋爱，我们的教育歧视爱，曾经爱过的人误解爱。我们的爱情未曾进化。

别错过好男人

"我今天竟然在超市里遇到一个以前追我的男生……笑起来脸上虽然多了些皱纹,可是看来比较有魅力;手里抱着他的小女儿,陪着他太太在选纸尿布……他认出我,先跟我打招呼,说他目前在电子公司当程序设计师。正在失恋的我忽然觉得好伤感,当初看他土土木木的,根本没有把他的追求放在眼里,跟他约好了时间,还故意放他鸽子呢!现在想起来,觉得自己真是自讨苦吃,为什么我总要和花心大萝卜谈恋爱……"

错过还没真正交往过的好男人,已经够呕了。赶走曾经交往过的好男人,更让很多女人气得想吐血。

"其实想想还是以前那个男朋友对我好。都怪我当时不够成熟,不断地在鸡蛋里挑骨头，常常为了一句话，跟他计较老半天……说穿了是因为我觉得他不够帅，不是我的白马王子。现在才知道，他才是真心爱过我的……"

好男人的"宝石检定书"

我常常听见自认为条件不错的女人，以一种惋惜的口吻凭吊生命中遗失的好男人。

她已与他失去了联络，或者，那个男人已经有了对象，两个人之间的爱情死灰复燃，已经不可能。

好男人不好找。当初从她身边黯然离开的好男人，不怕没有别的女人要。想要"捡"回来时，已经太迟。

好男人错过了可惜。

什么是好男人？每个人的标准不一，但还是有个共通的准则。如果可以给值得长相厮守的好男人发个"宝石检定书"，现代好男人应符合如下八个标准：

他对你的鼓励比要求多。动不动就阻止你发展专长的男人，不懂得尊重你。

有话可以好好讲。不会动不动就拉下脸来，送你一脸的表情暴力，为一点小事发脾气或赌气。

没有不良嗜好。女人可不要以为自己只要付出爱心，就可以改变他吃喝嫖赌的种种习惯。

不需要你耳提面命，就可以清楚掌握情人与异性朋友的分际。

对自己有主见，对你则不会太有主见。坏男人则相反，对自己的前途没啥意见，对女友的人生选择倒是充满了意见。

对小动物有爱心，我总是再三强调，一个会在路上踢打流浪猫狗的男人，都有暴虐的天性，绝对不会善待女人。

他有运动的习惯。他不必是个肌肉男，但据我统计，有某种运动爱好的男子，较容易找到抒发情绪的出口，不会没事找事折磨你，所以请你不要逼问他："我重要还是篮球重要？"

他的家庭关系大致和谐，又不会被家人意见所辖制。对家人"言听计从"或与家人长期处于"剑拔弩张"状态的男人，都会让他的另一半身心俱疲。

这样的男人，就像好酒，时间越长，味道越香醇。

为了幸福睁大眼睛

拿以上的条件来当择偶条件，可以保证一个女人获得幸福。

然而，好男人常会在年轻的时候被女人忽略，也不是没有原因。最主要的理由是：年轻的好男人多半不太会讨好女人，不会说好听的话，而年轻的女人多半也无法识得"和氏璧"。因为他不够炫，因为他不够"坏"

（和他在一起不够刺激或没有情趣），因为和他在一起不好玩，因为他不够有钱，因为他没办法让她爱得死去活来。

在面临女人的刁难时，好男人也不会死缠烂打，他们多半会选择有风度、有尊严地离开。再爱你，他们也不会把自己当成一摊烂泥任你踩。

烂男人反而赶不跑，会用尽各种方法，使尽无赖，回到被他气得像河豚的女人身边。

所以，"劣币驱逐良币"这样的经济学原理，在爱情中同样适用。

直到女人不再是梦幻少女，知道爱情中本来就会充满各种不浪漫的细节，她才会发现自己错过的石头原来是宝石。

学习成长觅良缘

"你有没有认识条件还可以的男生?拜托帮我们公司的女生介绍一下好不好?"

我走进朋友的会计师事务所,请教完税务问题后,朋友这么说。

"哪一位?"我从他的办公室探头出去看。

"每一位。"他笑着说。

"啊?"

"不知道是不是我们公司风水不好的缘故,办公室里的女生,一进来就没有人嫁出去过。唯一结婚的那一位,是还没进公司就嫁了。我看她们个性都不错,怎么会这样呢?"

"贵公司是不是事务太繁忙了？"

"就是朝九晚五啊。需要加班的时间也不多。"他说。

该事务所至少有十五位未婚女性，从二十几岁进来，直到年过三十，都没有人发给老板一张喜帖。

在我看来，一些工作静态——大部分时间固定在位子上、阴盛阳衰、不太需要往外跑，或接触新对象有限的公司，都有这种现象。若是学生时代没交男友，上班之后要找到对象实在不容易。除了会计师事务所，还有出版社也是如此。

做这一类工作的女性，本身个性可能就比较文静，如果不靠别人介绍，或在上班、回家途中有什么偶遇，实在很难认识什么新对象。

能不能在职场中认识对象，与工作性质有关。以报社或杂志社来说，记者通常会比编辑容易有罗曼史，这是因为他们面对面互动的人比较多，跟个人的外在条件倒未必有关系。

工作上必须与人互动的人，也比较懂得应对进退，比较会运用第一印象来吸引人，跟他人的隔阂也较少。

如果不幸身处于缺乏办公室外人际互动的行业，很想嫁出去，却又不想参加令人尴尬的婚友联谊、不想在婚友网站登录，"参加进修班"是一个不错的管道。下班后，不妨学学外语，参加某种电脑研习班、摄影班，甚至金融业的技术线型研究班，就算遇不到良人，也可以有些成长。

要不，就勇敢上网交友吧。网上交友，不限地域，说不定你的良缘注定在千里之外。

但在参加这些"课外活动"时，可千万不要呼朋引伴。有些女生做什么事一定要找一堆女人陪，吱吱喳喳地自成小团体，这样下来，别人怎么有接近你的机会？

初恋是一座美丽的古城

这是一位中年男子告诉我的故事。

很多人到了中年之后，都会在某个午夜梦回中醒来，忽然记起自己年少时候的初恋情人，他究竟在何处？过得好吗？现在又是什么样子？

不过，敢寻找初恋情人的，大概不到十分之一。

现实毕竟是现实，梦醒之后，他都会发现自己有妻有子，无法再沾惹过去重口味的情愫；她会知道自己身上的人生债务已好沉重，或者，身形也已日渐臃肿，就算他站在面前，恐怕也得要先做一番自我介绍，他才认得自己。

不如不见

喜欢旅行的他是个勇敢的寻梦人。他曾和一位私家侦探社的经营者同团出游,在南法小镇的一个浪漫的夜晚,他们把酒言欢,发现两人还是花莲同乡呢。秋日凉风徐徐,他忍不住说出自己的初恋故事。

他很早熟,那时候他才是个国一学生,就爱上了念高一的她。两个人常常骑着脚踏车到海边,纯纯的爱谈了三年。爱情最炽烫的情节仅止于拥吻。

他念高中以后就离开家乡,也就在那一年,她毕了业,举家搬离花莲,搬家后就再也没有和他联络。也许是因为,她有了新的男友;也许,女孩子变大之后就变得世故了。他猜想,大概因为他还是个刚刚度过青春期的少年,与他再谈恋爱并没有什么前途吧,所以她的身影与音讯都在他生命中瞬间消失得一干二净。

这一年能够相聚,也要靠因缘凑巧。他"刚好"离了婚,恢复单身,人在空虚沮丧中,一直在想:婚姻路不顺遂,是不是因为他没找到"真命天女"的缘故?也常常在梦中依稀看到她微笑的样子。所以才有那股冲动,想再度看到她的影子。

侦探业者问他,想不想再见到初恋情人?

借着酒意,他毫不犹豫地说了声好。

幸好他初恋情人的名字并不是"菜市仔名",回到台湾之后,不到两天时间,侦探业者就将他初恋情人的电话交到他手中,她住在台中。

他马上写了一封限时信给她。过了两天,有着她字迹的信件,从台中飞到台北,飞进了他的掌心。那时他正在办公室,感动得热泪盈眶。当天他立刻请了假,飞到台中去看她。

二十五年悠悠而逝,算来她已经四十出头了。看来她过得并不好,当年的青春气息荡然无存,脸上已经挂着一副老花眼镜。她是三个青少年的母亲了,在公务机关当雇员,看来就是公务员的样子。

她到他下榻的饭店来找他,两人在美景环抱的顶楼餐厅吃完了饭,也把该说的话说完。她说她想看看他房间是什么样子……镜头跳接到房间的床上——她坐在床上,微笑地看着他,但是他只敢把自己框在书桌旁的椅子里。过了十二点,她还不想走,他说了个谎:明天还有会要开,他累了,该睡了,再联络吧。

他的回应一点也不热情,她离开的时候表情有些沮丧。

什么都没发生的原因,可能是中年人向来想得很多,一举一动都担心着副作用。

他不敢对她说实话,说她与当时差太多了,其实他宁愿没来见她,宁愿留着那个未完成的美梦,宁愿在梦中回复成那个每天盼着信件、期待却永远成空的少年。

有的梦,还是不要圆比较好。他苦笑着对我说。初恋最好是没有目的地的旅行,也别渴望旧地重游。

未完也是完美的结局

初恋是一座美丽的古城,可惜总会被荏苒的时光改建翻修,旧地重游时多半会发现它被时间改建得四不像,最让人心痛。

而人又不比历史古迹,越古老越有韵味。

当人有了年岁之后,就会明白什么是沧海桑田。不是没有勇气再见到多年不见的初恋情人,而是担心圆梦等于梦碎。就像"金玉其外,败絮其中"那个成语一样,初恋在记忆里是个保存得很漂亮的橘子,色泽可以鲜润如初,但若真的想拿它来下咽,恐怕一剥开来,只会品尝到陈年的酸腐。会发现多年相思原来靠的是想像力,而未完成原来是一种圆满的结局。

爱过不为难

圣婴现象跟绯闻风有关系吗?

最近,似乎闹着一股绯闻风。我发现了一个新的恋爱趋势,也就是,现在人人都有权利以花边新闻登上报纸的头条。只要你认识一个名人(甚至不必是太有名的人),跟他上过床,你就可以写"某某日记",像国外一样,靠没有一点跟社会大众有关的私人事件,大捞一笔。别以为只有影剧界的八卦绯闻才有人听,现在大家对影剧界捕风捉影的绯闻已经厌烦了,任何人,只要脸皮够厚,心肠够狠,绝对可以登上八卦新舞台。

是不是可以挖苦的说,台湾社会政治挂帅的风气将在二十世纪末成为过去，取而代之的是绯闻挂帅，这未尝不代表台湾人开始在真正的人性上多了一点关注？

谁没有爱错过人？

像"玫瑰战争"一样的黑色闹剧，将会不停地上演着。请先别悲哀旧道德的沦丧，因为，就各个文明国家的人性历史而言，这似乎都是必经的阵痛之路。你问我，关于把过去恋爱史巨细靡遗曝光的看法？其实，如果我不幸曾爱上一个胃口好得不得了、品性还真糟糕的男人，我只会学林肯总统写一封信，大大地诅咒他一番，骂得他永世不能超生，然后放把火，把这封信烧给上帝看。

因为，在恋爱中的选择也关系到一个女人的品味问题。大声张扬我跟一个那样的男人谈恋爱，还死去活来，简直是自己威胁自己的人格。爱过就算了，谁没有爱错过人；没有爱错过人，你也不知道自己爱对了什么人。谈恋爱很难，因为要遇上一个"匹配"你来恋爱的人，并不是很容易；但谈恋爱也是很简单的，你常常失去所谓决定权，随着一种本能往前走就可以了，刹那间的电光石火，可以让你以为，它可以是照亮漫漫长夜的火炬。

别忘记你曾经爱过他

恋爱很难，不是我们的错，但变得很复杂，就是我们的问题了。因为它混合了嫉妒，而嫉妒带来占有感，占有感渲染了仇恨，于是爱发酵成恨，我们忘记了我们曾经爱过他，处处为难爱情；不然，就是期待拯救的心理，使得自己成为对方的负担而不自知，形成另一种为难，贪嗔痴一起涌现，爱一样被忘记了，取而代之的是一种疲惫。

我很遗憾，这个每天都有人相爱的地方，没有人告诉你，要有什么样的基本心态，才有资格谈恋爱，我们的教育歧视爱，曾经爱过的人误解爱。我们的爱情未曾进化。

恋爱真的可以很简单而不八卦，只要我们懂得爱过不为难。

别让男人为你摘星星

和朋友看了电影《星尘传奇》，惊险又好笑，堪称最佳娱乐片。

里头客串演出的都是鼎鼎有名的大牌演员，像劳勃·狄尼洛演一个娘娘腔的船长，米歇尔·法伊弗演一个渴望青春的千年女巫等，演技绝对精彩，主角的青春光芒全被巨星遮盖。

电影刚开始，有一颗流星被打落在地上。男孩和女孩正在郊外约会，女孩看见那一颗流星，感叹着它的美丽，要男孩为了她把那颗坠落的星星找来，她就愿意嫁给他，要不然，她要答应别人的求婚。

被爱情冲昏头的男孩，疯狂地寻找着星星，想要把它献给女友，当成爱情信物。

没料到坠落的星星竟然是一个漂亮的金发美女，为了带她回乡，他一路上遇到各种魔界人物，想要挖出星星的心肝吃，以求长生不老（多么像《西游记》里妖怪要吃唐僧肉的故事啊），历经了无数冒险，后来他发现，他真正爱的，其实是那个会发光的星星女孩，他只能跟原来的女朋友说抱歉了。

虽然又笑又闹，但仔细想来，里头又有一些简单寓言。编剧或许有意告诉女人：嘿，别叫男人为你摘星星，否则，你可能是在给他机会，让他在那一段艰苦的冒险行程中发现，他所爱者另有他人。

在很年轻的时候，女孩都喜欢叫爱人为她摘星星。爱得水深火热时，年轻的男孩也几乎都愿意为她摘星星。

就算那不是他的理想、他的愿望、他想做的事，他还是会尽力去配合她，只要让她高兴，让她愿意默许终身。

小者比如，她喜欢某个奢侈品，他为了让她开心，不惜去打工、动用循环利率，千金只为买一笑。

大者比如，她说她爸妈喜欢她嫁给有稳定职业的男人，热爱艺术的他就为了她拼了命考公务员，改变了他的人生方向。

还有，她家里人希望她移民，到国外过优雅生活。他明明在本地才能够人尽其才，却为了她到异乡打拼。

刚开始都说是心甘情愿，到后来难免有怨言：都是她，她让我不快乐，要不然，我本来可以活得轻松自如的……

他很容易会找到另一个了解他的女人。那个女人不要他摘星，就愿意陪着他，她就赢了。

要男人为她摘星的女人，多半只是一时如愿而已。别叫男人为你摘遥不可及的星星，只因后来产生的副作用，实在太大。

善待自己，善待情人

世界上最难定是非的，就是爱情。

爱情中有无数考题，如果你全做错了，很容易被三振出局；即便是你全做对了，也不一定有好的结果。

然而，被迫离场的人，往往胶着于对与错。

执着于谁被抛弃

没有人喜欢被三振出局的感觉，特别是那些认为自己无错的人。他说什么也没想到，她有一天会主动对他说："我们并不适合，还是分手吧。"

她不是曾经对他说"和你在一起，是我的梦想"吗？当初，也是她主动来跟他示好的。他是学校里公认的才子，相貌堂堂、自视甚高，当时有不少女孩倾慕他。她并不是条件最好的那一个，却是对他最好、最热情的那一个。

在他们一起走过的那两年多的时间里，她都对他很好，温柔而宽容，甚至有时慈祥得像他的母亲。他以为，不管怎么样，她都会像死守四行仓库一般，对他不离不弃。她离开后，他像掉进一个黑洞，陷入莫名的痛苦中，有一阵子，他用酗酒来麻痹自己。不过，基于自尊，他并没有恳求她再回到他身边。

他 30 岁那年，在同学的婚礼上，两个人碰巧坐同桌。而他的身边已经有个她（另一个她），而她也已结婚生子。在女朋友上洗手间的时候，他忍不住用轻描淡写的语气问她："喂，我还是不明白，你当时为什么要抛弃我？"

"是你先抛弃我的。"她说。

"你记错了吧？"他用怀疑的眼神注视着她。

"没错，虽然是我先要求跟你分手的。但那个时候，我已经知道你不爱我了。"

"怎么说？"

"你不记得吗？有很长的一段时间，你一看到我，就想找我麻烦，每天都在发脾气，说话也带针带刺的，甚至连我难过的时候，也看不到你的关心，你的眼里根本没有我。"她淡淡地说，"我想你只是不好意思说分手,所以,我就提出了。而你也没有挽留,这证明我的想法是对的。"

他陷入沉思。事过境迁之后,他承认,她说得没错:其实,他当初并没有真的那么爱她,只是舍不得放弃她对他的照顾。表面上,他被抛弃了;事实上,这是他要的结果。

通常都看不到自己的错

先提分手的人,未必是绝情者,未必值得谴责。他们只是看清楚了,这段情已经无法持续,只好先理智地做个了断的提议,以免两败俱伤。

抛弃人的,其实是先被抛弃了的,不得已,只好顺着对方的意思走。先提分手,只不过是为了一点剩余的尊严罢了。

不是没有错,只是看不到自己的错,或低估了自己的错。

通常,亏欠者总要在失去对方后很久很久,才知道自己过去亏待了人家什么;才恍然大悟,如果自己多做一些什么,就可以让对方回头,至少在对方心中,还可以留下一个美好的印象,即使说再见是"不得不"的选择。

百分之九十的分手理由,都说是个性不和,因此,感情能否走稳的决胜因素,在于个性。而个性和否,又多半由相处中的小事决定。

善待感情,善待情人

一个好情人,必然是一个会善待情人的人。

善待情人，所作所为，应该把对方拉近，收服他的心，而不是把对方逼得不得不弃甲而逃。如果他逃了，你打赢一百场胜仗也不会有成就感。

如何善待感情？与其积极讨好对方，不如在可调整的范围内调整自己。如果你要别人善待你，至少你不能够做一个难搞派情人。然而，很多人对自己的难搞，是没有察觉的。

爱抱怨的人，通常最难搞。

看看下一个例子吧。

"你对我都没那么好。"知道闺中密友的男友在密友生日时送上名牌包，她忍不住抱怨他。

"我又不是不送你，我也问过你要什么？是你自己说不要的。"他反驳。

"女人说不要，不是真的不要。"她说。

"去年你生日，我不是请你自己去买，再来跟我报账吗？"

"自己去买，一点也不浪漫。"她嘟着嘴说。

"可是我买什么给你，你都嫌；问你要什么，你都不讲。"他咕哝道，"你这样会让人无所适从，唉，简直跟我妈一样。"

他说她跟他的妈妈一样，她愣了一下。

他的妈妈是个难以讨好的女人，她苦惯了，希望儿女对她好，却又无法领受儿女的好。

儿女请她上好餐馆，她为了显示自己勤俭的美德，总是一边吃一边嫌"这个太贵""那个不好吃""餐厅光是气氛好有什么用""我自己煮比这个好吃多了",让儿女觉得花了钱又自讨没趣。

若是按照她的意思,干脆回家吃她煮的饭,她又会跟邻居太太抱怨自己命苦,怎么儿女在母亲节还要她煮菜,累她个半死。

送给她什么,她都嫌浪费,舍不得用,儿女反而会讨一顿骂。

上一代的母亲,多半不喜欢礼物或排场,送花不如送钱。但他妈妈会比较哪个儿女对她更大方,跟儿女暗示,邻居太太的儿子送了什么豪宅大车,让自己的孩子深感自卑。

"简直像我妈一样",显然是一记警钟,不是赞美。她是爱他的,从此深自警惕,要根除挑剔恶习,别沦为"讨好你,是我自讨没趣"。

她不是个迟钝的人。他说她像他妈的那句话,虽然不好听,却是一个提醒,让她有了自觉。之后,她不再作比较、不再爱抱怨。想要他怎么对她好,她都先适时地点醒;他给她什么,她都有正面响应。两个人的关系,也就越来越融洽了。

做一个好取悦的人

容易幸福的人,必然是好取悦的人。好取悦,不一定是太容易满足,但好歹要给人一点"可以讨好的方向",让喜欢自己的人了解:如果是这样,她一定会高兴的。

被讨好的标准别设得太高,不能超越那个人的所担,这是一种必要的体贴。

试想，如果儿女带妈妈吃美食，妈妈就喜形于色，那么，一有美食，儿女必然会想要带妈妈来品尝。

好取悦的人，知道表达自己的欢喜和感恩。他不期待人家为他种植一园鲜花，但人家会自愿开心送花来，让他活得花团锦簇。做一个好取悦的人，是善待自己，也是善待情人的第一课。

而善待情人，是幸福人生中的必修功课。

单身真的很美满

我们总在自由时渴望安全感,在拥有安全感后渴望自由。

某杂志曾做过一个调查,有百分之六十的男人,认为女人年过三十,如果还嫁不出去,那就要拉警报了。

也就是说,大多数男人认为,女人如果过了三十岁还单身,很可怜。

不过,多数女性上班族并不这么想。在此调查中,未婚的女性上班族,自认为活得幸福的,比已婚的上班族女性多得多。多数已婚的女性上班族感叹的,并非婚姻不幸福,而是蜡烛两头烧。

我虽然已婚,目前为止还算活得好。但我知道,除了尚无"亲职"负担,我也很幸运,相关亲人全都乐意配合对生活方式很坚持的我。我周遭有许多已婚的上班族妇女,想要拥有一点属于自己的时间,都是奢求。朋友敏儿周复一周嘀咕:"好不容易有个周末,不是要带孩子去看公婆,就是要探望外公、外婆,虽然我真的很爱他们,可是什么时候才轮我看顾自己?"

未婚女子渴望婚姻时,往往没想到婚后属于自己的时间不会那么多,而一对夫妻所需负担的责任也远比两个单身男女的总和多。已婚女子总会懊恼,当时怎没好好享受单身的美满?单身时,假日要睡多久就睡多久,要跟谁约会就跟谁约会,只要有钱就可以天涯海角无牵无挂远走高飞,一人饱全家饱,不用担心另一半的金钱支配。

而矛盾的是,我们总在自由时渴望安全感,在拥有安全感后渴望自由。

两条路摆前头,总会觉得没走的那一条比较好。没有哪一条路是百分之百完美,选择哪一条,都有遗憾。珍惜当下,别老想着过去与未来,就不会后悔。

一个人的爱情历史

凡人总是很难跟自己的习惯作对。

阿姜一直是个喜欢心灵成长的人，工作之余，不断在国内国外参加各种成长团体，有一次，她到尼泊尔去，不到三个月，就带回来一个丈夫，让朋友们好生讶异。

更讶异的是，她带回来的异国丈夫丹尼尔是个超级劈腿族。心灵成长的圈子很小，如有醉翁之意不在酒的好色之徒在其中，女人们都会争走相告，得离谁远一点。丹尼尔就是个"色"名昭彰的人，只要是东方年轻女性，不管长得怎样，他无一不沾惹。

然而，向来算是乖乖牌的阿姜，竟然要跟这样的人结婚了。亲近的朋友劝她："不好吧，他记录实在不良。"阿姜振振有词地说："我知道，他向我坦承过，和他有一腿的东方女性超过八十个人。"

"那你不怕吗？"

阿姜把她所悟的道讲得头头是道。她觉得两人如果心灵能相通，那些旧记录并不重要，就算他又有外遇，那也只是他的性需要，和他对她的爱无关。坦白从宽，她认为他对她供出历史，此后也会对她诚实。

这种说法真是超凡入圣，不过，如果真能超凡入圣，那何必要结凡俗的婚？

我不相信任何一个女人回到家里，发现老公和另一个女人在床上时，还能安慰自己："没关系，他只是在发泄性欲，他一样爱我。"

这么说，不是不给人家改过自新的机会。一个人过去的爱情历史重要吗？不一定，人都会做些荒唐事或错事，如果他只是年少轻狂，或荒唐过一两次，错过一两次，那回头并不晚。

次数多到已经变成惯性，习惯便已深入骨髓。猎艳与暴力都一样，若已变成他快感的泉源，他绝对不会因为爱定一个人而痛改前非。

凡人总是很难跟自己的习惯作对：赌瘾、毒瘾、性上瘾，都很难戒！

一个人在海边，随着海潮打滚，
梦一般的凉意，混合着夕阳的气息，
我又哭又笑，一个人。
安慰自己，人生如潮起潮落，没什么好受不了，
有起落，才有期待，有低潮，才有前所未有的潮起。

Part 3 旅行
享受一个人的好时光

旅行是一种内在世界与外在世界狂热而无声的对话。我常在写不出东西来的时候去旅行。并不是为了寻找灵感,其实,也只是为了恢复自己和陌生环境对话的能力吧。

四季，各有风景

春有百花，秋有月，夏有凉风，冬有雪。春夏秋冬，各有各的美，就像生命中那些各有精彩的风景。

春山无尽蝶迷踪

每到春天，樱花开始盛开的时候，我总可以感觉到一种隐隐的狂躁。

樱花生命短暂，如果以文体来比喻，应该是一首绝句。

我一定要来得及看樱花啊，我总是这样对自己咕哝着。

但过了爱热闹的年纪之后，我会避开知名赏樱地点，害怕加入"进香赶集"的行列。

京都的樱花美景虽华丽，但人潮汹涌，却也让赏花的雅致打了折扣；而和许多日本人一起在上野公园的樱花树下吃便当、唱卡拉 OK 的同乐会行为，也嘈杂了些。那样的赏樱形式，倒比较像读一首打油诗。

有好些年的春天，我一个人到日本，到没去过的地方看樱花。虽然是陌生的地方、陌生的樱花树，仍有让我觉得好熟悉的笑容。

目前为止，我觉得最有趣味的樱花之旅，应该是在飞驒高山。

飞驒高山的樱花，比名古屋要晚开二十天左右，搭火车从名古屋北上，只要是在白天，一路都是惊喜。

火车经过蛇般蜿蜒的河谷，靠站时不时有蝴蝶扑进车厢里来。放眼望去，群山淡黄嫩绿层次分明，也总有几株粉红色的樱花树鹤立鸡群地跳入眼帘。我这才明白，什么是唐诗里写的"春山"。亚热带里的春山、夏山、秋山差别不大，而温带春山林，山峦层次因树群而分明。

春山无尽蝶迷踪，弄花总惹香满衣。

那个春天，我最美丽的一场盛宴，就是在阳光放肆的天气里，捧着一盒生鲜的肥牛肉握寿司，坐在寺边的草地上，一边盯着一株樱花古树，一边将入口即化的握寿司送入嘴中。

喔，再配上一小瓶高山雪水配着发酵的大吟酿，随着飘落的樱花一起醉去。

北陆的金泽，也是个赏樱的好地方。

去年春天的金泽，雪白的樱花像要围攻城池的千军万马，簇拥着金泽古城，气势真是惊人。

金泽知名的古老庭院"兼六园"虽然号称四景皆美，其实春樱开放时还是最宜人。可爱深红间浅红，在绵绵春雨的伴奏中，我一个人在园中的百年老茶室里，喝着浓绿的抹茶。再也没有任何时刻，比这样的孤寂更恬静、更幸福。

每年春天，如果没法抽空看樱花，我总会感觉自己又辜负了一年最好的时光。

眼看着樱花一路从九州岛怒放到北海道，而我的眼睛竟只能在雅虎日本网站的樱花前线情报中，想象着花香和蝶影，目送着花影渐渐远去，总有一种冲动，一种想要辞掉所有工作去旅行的冲动。

人间有味是清欢

每一个夏日，都是被期待的季节，也是一个终究会讨人嫌的季节。

春雨霏霏后，晴天终于来临，但过不了多久，爽朗的感觉就会被燠热所淹没，就算是雷阵雨带来清凉，也是稍纵即逝，无法挽救来自心灵深处那种企盼微风拂面的干渴。只有去旅行，才能够安慰我在冷气房子里越来越焦躁的心。

有了四天短暂假期，可以到富良野赏花。我买了机票，在网络上订了旭川的小型商务旅馆，拎着简单的行李就出发了。

为什么是旭川呢？飞机降落在札幌，搭火车到富良野大概要四个钟头，旭川刚好是中间站。它也是北海道第二大城。我打的如意算盘是：入夜之后，或许还有一个灯火通明的地方，可以走走逛逛。

一早从台湾出发，到旭川已经是落日黄昏。

虽说是第二大城，初夏游客未至，灯火寂寥。晚上七点以后，还在营业的只剩下最熟悉的麦当劳。我把附近能走的路都走尽，手边的书都看完，发现自己喜欢独处，但并不擅长处理无聊。还只是晚上九点半，当然睡不着，远处传来轰隆轰隆的车声。这时只有两种选择了：打坐，或打开电视。

不太有灵性的我，只能选择后者。

虽然一直在电视台工作，但我在家时，很少打开电视，也从没连续看过任何电视节目，或许是一种反动——这个工作，已经占据我太多时间了。但就在那个方圆五百里没有朋友、不知道要做什么的时候，忽然发现，电视或许对一个渴望不无聊、没有书看，又睡不着的人还算很重要。

第二天清晨，我搭上初夏第一班富良野赏花的列车，千里迢迢晃啊晃到本来应该满满是花的富田农场——春天的花都谢了，属于夏日的薰衣草还没开，彩虹花田里没有任何植株，只有一大片黄褐色的土。旅客极少，多数是只想搭上"第一班列车"的火车迷。

有心寻花花不发，我骑着脚踏车享受了整天悠悠净净的日光浴。

回到旭川时，所有的商店又在我眼前熄了灯。我回到仅能容身的小房间,打开电视,跟着电视里头的主持人一句一句地练习日文。

自己觉得好笑,这样的旅行还真有意思。人生不是如此吗?积极计划了老半天,到头来一切都不如所料,但也不能说是白白走一遭。

还有谁搭初夏第一班富良野的赏花列车?你应该也没有看到期待中的花海吧;但无所事事,也是都市生活难得品尝的美妙滋味,或许"人间有味是清欢"正是这个意思。

情愿折寿以待秋

有一年,工作之故,每月往返北京。

北京并不是一个太容易亲近的都市,壮观多于细致,刚烈大于可爱。可是,它的秋天却是四季中唯一拥有的诗意季节。

秋日,从机场通往大都会的高速公路上,我忽然发现,北京是有蓝天的。我像中了彩票一样惊叫。

司机见怪不怪地说:"只是这两天风大,把灰尘吹走了。你运气算好,昨天的风,大到飞机下不来呢。"

"一年能看到几次蓝天呢?"我问。

"不会超过十天吧。"他平淡地回答。

我很少看到北京的蓝天。它是一个烟尘蒙蒙的都市,地面上再怎么进化,人们仍然在一个灰色的大罩子下生存,不时还卷来一阵生灵涂炭般的沙尘暴。

物以稀为贵，有晶莹蓝天的北国之秋，拥有一种恬静又动人的力量。

只有温带地区的秋日是有个性的。它既妩媚又萧飒，不似南方秋日温吞。郁达夫曾经写过篇《故都的秋》，怀念的就是北京的秋天。长年在南方的他，始终将北京的秋天放在心里。他说南国的秋天，色彩不浓，回味不永；北方的秋日则意味深长，让他情愿折寿以待："秋天，这个北国的秋天，若留得住的话，我愿把寿命的三分之二折去，换得一个三分之一的零头。"

他是这么说的："在南方每年到了秋天，总要想起陶然亭的芦花、钓鱼台的柳影、西山的虫唱、玉泉的夜月、潭柘寺的钟声。在北平即使不出门去罢，就是在皇城人海之中，租人家一间破屋来住着，早晨起来，泡一碗浓茶、向院子坐，你也能看得到很高很高的碧绿的天色，听得到青天下驯鸽的飞声。"

那一天晚上，服完一日劳役，我坐在胡同里四合院改建的小旅馆里，喝着威士忌。秋日的夜，萧瑟清凉，却仿佛留着一点日光的余温，所有的建筑物，都裹上一层月光而衣似的朦胧光晕。

星月皎洁，明河在天，四无人声，声在树间，秋天的况味，就是这样了。

秋天让人想起郁达夫。他的一生，都如秋日，都是中年。一九二〇年，他写给新婚妻子一首诗：

生死中年两不堪，生非容易死非甘。

>剧怜病骨如秋鹤,犹吐青丝学晚蚕。
>
>一样伤心悲薄命,几人愤世作清谈。
>
>何当放棹江湖去,芦荻花间结净庵。

当年他才二十四岁,抑郁沧桑一如中年。始终未曾真正放棹江湖结净庵的他,一生都带着秋天的遗憾。

少年时,读任何哀声悲切的诗,都是强说愁。如今,那些秋日的诗意,渐渐浸透入心。

繁华落尽雪花陪

我其实害怕冬天。

我实在不该害怕冬天。出生的那天,节令正是小雪,转眼就是冬至。生命中的第一个季节,就是冬天。

可是台湾的冬天,确实令人害怕,又冷又湿,就算是在室内,只要静坐不动,不多久,就打从骨髓深处开始颤抖起来。坐在电脑前打字,若没有一杯烈酒在旁,不多久,连指头都要冻僵。

我宁可喜欢寒带严冬。外头飘着雪花的时候,可以衣衫轻薄地依偎在暖炉旁,懒洋洋地看。

如果可以去旅行,那就好多了。冬日旅行,难免要受冻,可是,它却也是最惬意的淡季。没有太多旅人摩肩接踵,地阔天空。

往北,有雪。雪花遮盖琐碎的丑陋。繁花落尽,还有雪花相陪。

往南,连赤道附近,也雨少风轻。

冬日才是旅行的大好时节。

有一座被皑皑白雪覆盖的小城,在我心中,一直是一首静默绝美的诗。

一座将时间定格在中古世纪的小城,踏进童话般的城门,马上走入《木偶奇遇记》中才有的石板路上。城门上还留着古老的日晷,两旁处处都是石头砌成的屋宇,小小身躯被弯弯小河环抱。

天佑此城。它不可思议地逃过了第二次世界大战战火的摧残,三百年前的波西米亚风格建筑,仍好端端地伫立着。

零下十八度。才刚踏进城门不久,一场纷飞的大雪送来目眩神迷的迎宾礼。雪如细嫩鹅绒,无声无息地飘落在我的发上、衣上和每个红色的屋顶上,仿佛有无言的歌,在冷冽的风中温柔荡漾。

景色太美,浑然不觉得冷,一个人走着,也不觉得孤单。不一会儿,我冰冷无知觉的手已经拍了一百多张照片。

误打误撞地来到这一座小城,捷克的库伦诺夫(Krumloy)。后来才知道,此地在夏日时人山人海,一个钟头可以绕一圈的小小城市,旺季里常挤进百万个观光客,整个城市像一个摆着古董的杂乱抽屉。

还好,我们是在大雪缤纷的淡季里相遇,我看到的是小城的真实灵魂。住在小城三天,我每天殷勤地爬上十三世纪的城堡拍照。脚下古宅群落烟囱,徐徐吐着千百管烟,远方雪地在阳光下反射着彩虹光泽。

　　一时之间,仿佛自己也是童话里的角色,回到睡美人的年代,纵然百年不醒,梦仍香甜。

听海

　　我永远在海岸上,在沙土和泡沫间行走。高高的浪潮会抹去我的脚印,微风也会把泡沫吹走。

　　但是海洋和沙岸,却将永远存在。

——纪伯伦《沙与泡沫》

　　很想跳火车。只是很想而已。很多念头,在脑中灵光一闪,迅速地被制止了。看到海,阳光下的海,就有一种想冲下去,让海洋吞没的欲望。

　　马上被制止,好像脑袋里有一支训练有素的秘密警察,总会在迅雷不及掩耳间,捉住了所有不合法的疯狂因子,在根本没有让这个念头进入任何思考程序时,已经处决了这个狂野的思想犯。

我偷偷摸摸地为这个念头微笑以致哀。当火车穿过山洞,黑暗逝去,一片湛蓝的海洋落入眼睛里。看着阳光下仿佛风平浪静的海洋,我多想下去走一走啊。没有一种蓝宝石的蓝比阳光下的海洋妩媚,没有一种声音,比浪涛的声音更令我心悦诚服,没有。

回家的时候,火车过了城,就是海。在刹那之间,依旧迷惑了我的视线。回家、离家的路线,不知已经走了多少次,仍然像最初,独自离家的时候,在火车上,看着海洋,蓝色太平洋,让我感觉,不管未来发生了什么,我还是会爱着这个世界,世界是美丽的,如果只有海,也还是美丽的。

因为海而感动

看海听海,爱海爱到连看好莱坞的商业片都让我热泪盈眶,包括凯文·科斯特纳的《水世界》,还有《泰坦尼克号》。很有"电影水平"的朋友都不耻,什么煽情的商业电影嘛,花那么多钱拍;我不管,我只花两百多台币看,毕竟值得,看到海,我就会觉得这部片子很浪漫,很值回票价,也值得掉眼泪。我觉得很感动,至少因为海。

我想到小时候印象最深的一部电影,那年只有六岁吧,整个故事我至今还记得好清楚,海神号,一艘沉船的故事。它让我做了好多年的噩梦,不因为船沉下去了,而是因为,一个好人,为了救别人,自己牺牲了。好人怎么可以死呢?我一直在想这个问题,死了以后去哪里呢?像不愿杀死情人的人鱼公主一样变成泡沫吗？变成泡沫又怎么样呢？泡沫有感觉吗？而感觉，在我们死亡之后，又会有什么改变呢？

没有人给我任何解答，我知道，没有人会给我解答：最可怕的是，我也不相信任何大人给我的任何解答，好像此生注定，为了寻找一个可能没有答案的答案而东试西尝。有些人，因为对直觉太自以为是，或者太冥顽不化，注定要像神农氏尝百草一样，中毒而死，也是求仁得仁。

如果我有老灵魂

我把童年的梦魇告诉任何人，人人都说，你简直早熟得近乎变态。

如果按照某些占星学家的说法，我可能有一个很老的灵魂，才会在轮不到想那么多事情时，就想那么多事情。有些人天生心思简单，不会想跟生活上的锅碗瓢盆、葱蒜辣椒无关的问题，我想，他们的灵魂是新鲜的吧，总是可以像一阵雨一样，哗啦哗啦实实在在落在土地上。有些人像烟，不知道要飘向何方，也不知道来自哪里。

如果我有一个老灵魂，我想上辈子一定和海脱不了关系。我那么喜欢海，甚至在极度沮丧的时候，我会想到海，可以安抚我的灵魂。

我的心里有一只透明的瓶子，装着和海有关的各种记忆。

十几岁的时候，常在星期天起个太早，骑着脚踏车，和初中同学一起长征十公里去看海。骑过一成排的木麻黄，还常常可以看到一两只忘了在天亮之后从温暖的泥土路滚回草丛里的龟壳花，海的声音越来越近，期待着看见海的感觉,和第一眼看见一望无际的蓝一样触目惊心。

相约在海边的初恋,让海浪窥视的初吻,以为可以把誓言许给贝壳倾听的稚情;把喜欢的人名字写在沙滩上,令人脸红耳热的羞赧。

海的两张面孔

为了等一只海龟上岸,静坐在热带海洋旁,在满天咄咄逼人的星星下等待着,然后顺着手电筒的微弱光线听见海龟的喘息,一个又一个乒乓球一样晶莹的蛋在她费力挣扎下,轻轻落入沙的怀抱里,老天!我竟然还看到她的眼泪——虽然他们都说,海龟产卵时泪水成河,不是为了伤心的缘故,只是为了保持眼睛的润湿;若是如此,也是对成长海域的一种思念,即使暂别。

放无数刚刚钻出蛋壳的小海龟们下海接受生与死的挑战,又是另一种难忘的海洋经验。覆盖地球百分之七十的水面,每一刻的厮杀生死,远超过我们的想像——每一次潜水,海洋的拥抱总是让我感觉静谧而安全,但极大的宁静也等于极大的不安,极大的不安背后,是一双无可抗拒的、大自然的手,一只充满抚爱,一只满布血腥;两张脸,一张以慈晖温暖对你微笑,一张瞬间剪断所有的生机。只要他高兴。

曾经出海到大西洋看座头鲸。明白每一"位"鲸鱼腹面尾鳍都有不同的花色,海洋学家靠这些独特的指纹辨识出谁是谁,雄鲸们能唱出动物界最长且最复杂的情歌，如果，如果他们看上了一个"女人"。鲸鱼以缓慢的芭蕾动作在海面上挪动着身躯。乘着微不足道的船在如此巨大的生物旁，实在让人胆战心惊，但我想信黛安·艾克曼所说的："我知道如果我告诉他我在哪里，我是谁，我无意伤害他，那么，他也会回报我同样的礼貌。"潜伏许久的他，忽然喷出一股水雾冒出海面，快速地驶近船只，又轻巧地避开了我们。我想鲸鱼不该会记恨，在人类屠杀了近十万座头鲸之后，他们，竟对人类仍如此天真。

曾经在鲨鱼出没的太平洋海域，悬着一颗心浮潜，但什么事也没发生，除了看见几条两公尺的石斑和一群至少也有一公尺长的翻车鱼，悠悠闲闲在浅水处享受日光浴。搭着竹筏拜访弗氏海豚。我总是很幸运，专程看鱼的时候，他们从没让我失望，老是在很近的距离飞跃嬉戏，没有拒绝我。

我也喜欢鲨鱼，他们"走路"的姿势真优雅。

一个人在海边，随着海潮打滚，梦一般的凉意，混合着夕阳的气息，我又哭又笑，一个人。安慰自己，人生如潮起潮落，没什么好受不了，有起落，才有期待，有低潮，才有前所未有的潮起。原是这样，原是这样，也许像《老人与海》，不愤不气，虽然发愤半天又一无所获，过程仍应被捧在心口。

一个人听海，听出的是海的旷达；和知心的朋友听海，听见的是海的和气；伤心的时候听海，听出了海的抚慰；得意的时候听海，听到海洋的预警。在海洋面前的我，是一无所有的赤子。

海说什么，我知道

我那么爱海。朋友在看完《泰坦尼克号》后曾问我，如果你是那个女主角，在莱奥纳多沉入冰洋中之后，你会选择殉情还是求救？

好通俗的问题。假设性的问题都是通俗的问题，因为，没遇到真实情况之前，你所有的决策都是假的。

我想，现在的我，一息尚存，大概还是会求救。人家好不容易救了你，你还忍心自弃么？失去的爱永远存在了，未完成的梦则永远残酷地剥削着一生的爱情：分开，是为了让你有机会在自己的心中为他刻下墓志铭；而记忆，是相会的一种方式。

然后，也还是会在垂暮之年，把珍藏的海洋之星，代表自己和虚荣挣扎过的宝石，丢进海洋之中，还给变化莫测的生命，再也无缘相见的挚爱，只是一种仪式，净化的仪式，在人生的终点站前，仿佛真心诚意地将心经念了一遍，色不异空……

有个朋友说，他最不能接受的，是女主角竟然把人家捞了那么辛苦的东西，还给汪洋大海，真想跳下去捞它起来。

成功的商业片，总是知道人心不舍什么，要你舍，你的心才会痛，才会抽搐，才会感动。知道我们都还有现实中无法完成的梦。你呢，你有什么难舍和不甘？

再价值连城的蓝色钻石，也比不上阳光下海的光洁，夕阳下海的流丽，还有月光下海的挑逗和千古以来沙滩无言的叹息。再难舍的东西，也比不上生命无条件付出爱时，最原始的刹那真心。海说什么，只有我知道。

海说什么，也只有你知道。

所罗门王的宝藏

　　沙漠是一个充满启示的环境，就知觉而言，是简朴的；就美学而言，是抽象的；就历史而言，是不友善的；它的外在看起来那么引人遐想；它的内在充满光线和空间，干燥、高温，充满与风互动的新奇感受。

　　沙漠的天空一望无际，辽阔得可怕，向沙漠而行的有先知和隐士，穿过沙漠而来的则是朝圣者和流亡者。在这里，伟大的宗教领袖寻得心灵的奥义与疗伤止痛的妙方；他们来到沙漠，不是要逃离世界，而是在寻觅真实。

——Paul Shepard《Man in the landscape》

当阳光正对着头顶洒下来的时候，我下了马，开始徒步行走。路上是冰冷的石块，即使在阳光抚摸得到的地方，石头的冷意仍能穿过鞋底。

这是五千年前纳巴泰人找到了家的路，是犹太人长征过的路，是收过无数商队过路费的路；它通往罗马军队曾占据的地方，希腊正教会建筑教堂的地方；波斯人、阿拉伯人、伊斯兰教徒、十字军都热烈地争夺过它，在战火的恩宠过后，它竟被历史遗忘了六百年，沉沉地睡在寂静的石漠里。

直到十九世纪初，一个年轻的瑞士探险家 Burckhart，才以戏剧化的方式发现这一座巨大幽灵城市。只有少数沙漠中的游民——贝都因人，在这一段沉默的岁月里，枕在它的怀中，夜夜看着不变的星空。

我静静地走着，刻意和游人与峡谷中回荡的各国话语保持距离。

啊，佩特拉。

一个让我不觉想保持沉默的废墟，历史如沙漏流逝，不曾说话的山丘仍保持着它凛然的尊严。

这一趟旅行，我到埃及、以色列和约旦的佩特拉。由于在1997年11月，埃及女王殿发生伊斯兰教激进教派无缘无故枪杀七十多名游客的惨剧，耶路撒冷和伯利恒也传来暴动的消息，听说美国和伊拉克又开始热情如火了，朋友们都很关心地在行前问我：你真的活得不耐烦，要去吗？

惨剧很难影响到我的游兴，因为，命中的机率反正是无可掌握的，我只是很酷地引了一句某位悲观的美国女作家写的一句话："你放心，据说一个年过三十岁的女人想找到好男人结婚的机率，比被恐怖分子暗杀的机率还要小。"

果然无恙的回来了，不是吗？

当我行经死亡幽谷

我走进了一线天，唯一能进入古城的狭窄通道，下到三公尺宽的峡谷裂口，两边都是几十公尺高的岩壁，只能遥遥望见一线蓝天，即使是正午，阳光也并未眷顾所有的路径。这满布碎石细沙的小径是干涸的河床，应该是过去的水道。人力无能开凿如此鬼斧神工的羊肠小路。

当我行经死亡幽谷，我必不觉孤单……隐约记得从前念过的《圣经》句子。是的，死亡幽谷，就是这里了。有些路径的淤泥已被清除，露出从前商队曾经走过的石道，有些石头上还留着清晰的辙痕。想当初必是川流不息、门庭若市的一条必经之径。在亚历山大大帝死后，争夺战的烟硝卷起，"叙利亚战争"打了一百零八年，但生意还是要做的，骆驼商队们为了避免战火波及，找到了这一条迂回的远路，在两千三百年前，达达的马蹄声带来美丽的错误，把货物送往阿拉伯半岛，路远且长，如果没有阳光，这狭窄的甬道如同死亡幽谷，雨季时洪水随时会涌来，一条因为渴望黄金而富庶的道路随时会成为一条不归路。

直到几十年前，忽然来袭的洪水还曾卷走数十条法国年轻学生的性命，在这死亡幽谷里累积着数百年寂寞幽灵的低泣。

当我行经死亡幽谷，我必不觉孤单……

因为害怕死亡，害怕孤单，所以各种经典金句，在人们心中默诵着；石头们见证过人们的恐惧、贪婪与虔诚。我把脸贴近石壁，万古苍凉的那种冷。当你了解历史，所在的氛围就改变了，一切由心生，不言不语的石头也有了情义，因为你想和它说话。

风景不只是风景，古迹不只是古迹。相由心生了。

不怕你笑我俗气了。佩特拉，老实说，我对它最深刻的印象并非来自历史，而是来自斯蒂芬·斯皮尔伯格的电影：《圣战奇兵》，肖恩·康纳利和哈里森·福特，在纳粹的逼迫下来到一座沿着山壁雕出的城堡。大家笃信，某种神圣的宝藏，藏在这一座美丽的神殿里，要好莱坞英雄印第安纳·琼斯神勇地把它找出来。

你记得那个故事吗？印第安纳·琼斯因着考古学的知识和信仰的力量，在两座悬隔的峭壁间，发现了一条隐形的通道，找到一个垂垂老矣的圣者，他还在守护圣杯。一大堆美丽而闪亮的圣杯，他要你选择耶稣用过的那一个。选对了，用它喝水可以长生下老，选错了，形销骨毁，你会死得比木乃伊被火烧还难看。

解答是，那个最脏最旧的木杯，才是耶稣用过的，他是一介平民，何来金杯银杯？很简单的推理，贪婪的人不懂"宝藏"的意义，只看得见眼前的绚丽。走过死亡幽谷，为的是看一座岩石中的宫殿。猛一抬头，才发现自己差点因为贪婪地想抵达目的地而忽略了过程……

宝藏在哪里

路被峡谷拥抱着，随着光线的舞动，我看见石头委婉温柔的纹理正交织着各种奇幻的色彩，玫瑰红、暗紫、鹅黄、粉红与鲜绿，任着阳光挥动它的画笔。从岩石缝中窜出，苍白的古树枯枝，诉说着生命挣扎的痕迹。

我欲无言，正好走过一个路中的小小土地庙。只有两座简朴的石像，一母一子，正是"沉默之神"，一个英文导游正在解说，叫它：shut up。进入神圣的通道，必得沉默。

倏忽之间，两块极紧迫逼人的山壁包夹中，一幅奇妙的景象出现了。阳光正打在它的正上方，往前走几步，《圣战奇兵》的实景落在眼中。

几乎令人不能呼吸的粉红。在正午阳光的照抚下，神殿被玫瑰红的色泽燃烧着。有人说，数千年前从法老王那儿抢来的宝藏藏在此处，也有人说，阿里巴巴和四十大盗中的芝麻开门，就发生在这里。

千年来，好多人想发财，公认二楼顶上的那个瓮，就是宝藏的藏身处。玫瑰色的砂岩被斧头、枪火打得伤痕累累，一定不少人施展飞檐走壁的功夫，或想用暴力把瓮打穿，幻想着一夜变成阿拉丁。可惜瓮根本是实心的、冷冷的石头。

贪财的人此仆彼继，没有人的发财梦实现过，倒是此地贝都因人靠它赚了一点小财，好莱坞赚了笔大钱，神殿美则美矣，里面除了凿了几个什么也没有的空间外，什么也没有。迷眩于它的美的人，登堂入室之后，反而有些失望。

离开它再往山谷里走，是无数在岩壁上雕出的洞穴，有王陵、有平民的墓坑、有千年多前的旅舍与教堂，纹理如丝绢，还有可容纳八千人的罗马剧场，可以想见当时车如流水马如龙。

就在这一片石漠、一片废墟中，我单独走了很久很久，用皮肤感觉千年万年没有变的阳光，用耳朵倾听古城里微笑的风。我感觉到非常孤独，虽然不远处游人如织。沙漠的美总是让我觉得孤独。

对于沙漠，我怀着一种虔诚。因为所有的宗教都起源于沙漠，所有的先知都从沙漠中走出来，玄奘走过、法显走过、耶稣走过、穆罕默德走过……潦草的离开了故土，踏进荒凉的沙漠，历史无意间给予他们隆重的回礼。

为什么先知都要经过沙漠的洗礼？在沙漠中，是不是因为什么都没有，所以只好完完全全看见自己、面对自己，只好倾听风声沙声之外，内心的声音？

而我喜欢沙漠，因为是小王子天真出现的沙漠，北非谍影情何以堪的沙漠、阿拉伯的劳伦斯飘飘白衫神出鬼没的沙漠、英伦情人激情相识死生相许的沙漠……是不是因为沙漠中一无所有，所以血液的热度也可以真诚而放肆的如风云翻涌？

永远走极端的，是沙漠；可以孕育宗教也可以毁灭文明的沙漠，可以酷热也可以严寒的沙漠，可以冷血也可以激情的沙漠，既贫瘠又有丰饶、是异国也可以是故乡的沙漠。

法老王的宝藏在哪里呢？

离开佩特拉后，每一次我都会想起那个伤痕累累的粉红色神殿。当阳光在正午时分将它变成了灼灼粉红……我想法老王的宝藏就在这里，只是心中想着金银财宝的人无缘分享而已。《圣经》里不是说，所罗门王所有的宝藏，也比不上一朵野百合花吗？法老王的宝藏，只有眼睛能将它偷偷收藏进心中——当阳光直落在你身上，神殿焕发着粉红色的光芒，错过此时此刻，就没有更贴心的宝藏，没有。

哦,耶路撒冷

你的快乐是你除去了面具的悲伤。在涌升你的欢笑的同一口井,往往也充满你的泪水。当你悲伤时,再深察你的内心吧。你必会明白:事实上你正为曾给你快乐的事物哭泣。的确,你像秤一般悬挂于你的快乐和你的悲伤之间。

——纪伯伦《先知》

平凡无奇,当你用指尖轻触它时,它只是一堵很冷很冷的墙。当所罗门王修建圣殿时,它只是一座默默保护着圣殿山的一堵没有名字的蛋白色石灰墙,面着西方,迎接不到日升,在日头偏西时,会被暖暖的沙漠阳光安抚，变成浅浅的橘红色，仿佛它也有了温度。我的面前有一成排的少女与妇人们，把全身的重量倚在它的身上，好像靠着情人的臂弯，手里拿着希伯来文写的圣经，低声哭泣着。

你为什么哭泣

为什么哭呢？

站在她们背后，和哭墙的历史及她们的生命历史都无关的我，好奇地想着。是为了失去的情人吗？女人！

我把头往左偏，看看被隔离在另一边的，那些戴着瓜皮小帽的犹太男人含蓄多了，是因为男人不敢堂而皇之的表达情绪，还是男人失去情人也不会痛哭流涕？男人们安安静静地诵着经，很慎重地在哭墙的石缝中塞进一张纸条，小心翼翼地和上帝进行一场小小的默契交易。女人，截然不同的反应啊，她们把哭墙挤得水泄不通，近乎捶胸顿足，我拎着我的小纸条，想要偏个身、找个地方，把自己的纸条塞进去，但是一直找不到机会下手。

原来只是一堵什么都没有的墙，和构成整个耶路撒冷城的乳黄色石灰石完全无异的一堵墙，却隔着有着相同宗教发源地但世仇已无法消弭的两个民族，却是被历史诅咒的犹太人，自从公元七十年被罗马人统治后，最渴望的一个地方。自此之后，犹太人漂泊世界各地，他们善于累积财富，却也让其他的民族对他们累积仇恨，他们被莫名其妙地屠杀与驱逐，也遭受许多有敌意的白眼歧视，他们既优越又卑微，但他们都有一个藏在血液里头的愿望，回到这堵墙前，好好哭他一哭，把祖宗留给他们的委屈和自己生命的斑驳全都还给无情天地。

一个是非之地，耶路撒冷。被诅咒的圣城，过去不曾止息的争战，如今不怎么安宁的城市，未来依然命运未卜。

来到哭墙之前，我走过耶稣在耶路撒冷走过的道路。应该是公元三十年的四月吧，在春天，耶路撒冷的平野上，开着白色的橄榄花，淡淡的香气中，他夹在朝圣的人群中赶往耶路撒冷，命运已经了然于胸了，那是他人生的最后旅程，犹大已经出卖了他，他和门徒享用了最后的晚餐，然后他来到橄榄山的客西马尼园，举目苍凉，汗珠如血，一种必须领受的命运，被所爱的世人出卖。先知总是知道自己会被出卖，却总是不曾反抗，像苏格拉底，像耶稣。他，原本可以逃走的。

在圣城被出卖的圣哲，扛着沉重的十字架走在替世人赎罪的路上，是否没有怨尤呢？耶路撒冷是不是在那时候被诅咒了？在他背起十字架的悲哀之路（The Way Of Sorrows）从生到死的十四站中途，他曾说："耶路撒冷的女子，不要为我哭，当为自己和自己的儿女哭！"

从此犹太人的命运也如同一条"悲哀之路"，多少年以来，多少耶路撒冷的女子在为自己和自己的儿女哭！使他们面临惨绝的屠杀以及家破人亡的仇恨真正来源，恐怕只有问上帝才知道。

我生命中的伤口

从前，我因为喜欢圣歌在教堂宽阔的屋顶中回荡的感觉，念高中时曾经加入教会，时日已远，只知当时牧师面对我的问题时回答，"上帝像空气一样，无法质疑，你不质疑空气，为什么要质疑上帝？"实在不能令当时脑袋自认为很实证主义的我满意，于是对教会的集会再也不感兴趣。当初认真读的新约已经只剩下模糊不清的轮廓，但当我踽踽于悲哀之路时，不知是否真被一种历史的氛围捕捉了，从耶稣被宣判死刑，遭罗马士兵吐口水的那一站开始往上走，仿佛也可以感觉到他背着沉重十字架跌倒的苍凉，他看见母亲怜悯眼神的无奈，女人为他抹去脸上血水的慈悲，第二次、第三次的跌倒，被钉在十字架上，日正当中忽然变成遍地黑暗的景象……在我心中，一一演过一遍。我不是基督教徒，但走到最后的一站——如今是教堂的所在地，在烛架上点了一支蜡烛，再也忍不住热泪盈眶。为了怕人看见，背过脸去，看神父低头默祷。

说不出自己是为了什么而感动，这只是一个非教徒的朝圣之旅。老实说，我根本不在意上帝叫什么名字，又该用什么样的祷告感谢上天的恩典。我相信，不论我用什么语言，冥冥之中或苍天之中，必有垂听我召唤的声音。我知道宇宙的浩瀚和人的渺小，尽人事之后只能听天命。对于目前所有我也充满感恩，因为我的领受一直如此丰盈。

虽然不是没有痛过、哀伤过，被生命的荆棘刺伤过。很多伤口痊愈了，但不是每个伤口都会痊愈。瞬间，我明白我的伤口藏在哪里。

仍然记得我弟弟去世时，我的悲痛和无助。我假装坚强，寻找各种宗教人生哲学的援助，我让忙碌来减轻我的亏欠与罪恶；我以为我好了，但我还没有。在流泪之前，我未放下重负，背着我无形但沉重的十字架，虽然没有人判我死刑，但我一步一步走得好艰辛。

好久没有掉过任何一滴泪，早早用坚强做了一具坚强的面具，把泪水和软弱包在最密不透风的地方。泪水流尽，才知道自己过去为了保护自己不受伤而变得故作无情，为了好好活下去而活得不好，像一只把自己弄得气鼓鼓针扎扎的河豚。

我必须承认我受的伤，伤口才能在空气中结痂。我决定要写一张纸条，放在见证人类苦难、宽容接收各种情绪的哭墙。

我无声地在教堂里流着泪，并不是因为伤心。有人在背后轻拍我，悄悄地递过手帕，我因被识破了，很不好意思，一直低头向暗壁。这时我发现自己的本质原是多愁善感的，只是一直被藏匿。

他仿佛在说，要哭就哭得痛快吧。没问人家为什么悲从中来的人，是上道的，谁没有一段必须独自悼念的往事？

倚在哭墙哭泣的女人，必也为了某些必须独自追悼的往事而来。

哭墙，还是找不到一丝空隙让我把纸条塞进去，女人们还是一边祷告一边哭泣。或许是因为，墙，空白，一无所有，所以人们必须看见自己，内在的自己，直接面对自己所有的情绪。墙，以冷冷的诚实回应你所有的声音，让你听见自己的祈求。

人类历史上最慑人心魄的一道墙。一九四八年以色列建国后，为了哭墙，打了许多次战争，每个以色列人都记得，戴扬将军在赢得胜利后，带领人们在这里发誓，以色列人再也不与神圣的哭墙分开。慷慨激昂，且意气风发。

逐渐复苏的勇气

要写什么呢？站在女人们身后窥伺空隙的我，拿起了纸和笔，潦草的字迹有我的心真意诚，我告诉我怀念的逝者，也告诉我的悲伤：

I love the past.

I love now.

I love tomorrow.

I love the world as same as you.

So forgive me&Let me go ahead.

我爱过去、现在和明天，我爱这世界也同样爱你，所以原谅我，让我往前走。

没什么特别的意思。只是知道伤口已经在复元，某一种对生命的新鲜感觉在泪水倾倒干净之后长驱而入。终于，我弯下腰，把纸条塞进一个空隙里，让它跟很多很多的纸条一起留在哭墙上，不管能留多久，我相信，上天感受到我逐渐复苏的勇气。

时移事往，有多少温馨景象无法追回，而曾经有过的爱是不会忘记的。

上帝，请垂听，不管距离多远，有些感情依然坚固，像犹太人与哭墙，即使分开，心也长在。

我以不舍的微笑与新鲜的心情告别耶路撒冷。耶路撒冷像一条沙漠中温暖的毛巾，擦掉旅人的汗渍，还我一张会呼吸和微笑的脸。

澳洲冒险记

每一次到澳洲，都发生了"冒险故事"。

第一次到澳洲，搭上库克船长号，雪白贝壳状的悉尼歌剧院，就在蓝天之下映着南半球骄傲的阳光，迎面而来的风，柔软得令人泫然欲泣，澄澈的海湾中有数不清的巨大水母，随着海流伸展着触手，两岸的豪华别墅，风水好得令人嫉妒。好一个没有历史包袱的国度啊！

没有历史灰尘的澳洲城市，弥漫着悠闲与自在的气息，总使我想起米兰·昆德拉的名言：悠闲的人是在眺望上帝的窗口。南半球与世无争的国度，原本应该属于上帝珍藏的领土吧！所以没有天敌的动物们也不需急忙于进化，更不需具备太多求生的本事：袋鼠们只要有健壮的腿，就可以在一望无际的原野上奔驰；无尾熊们可以永远以半酣睡的姿态咀嚼着尤加利树；鸭嘴兽坚持着它们笨拙得可爱的泳姿；袋熊，哈，我最喜欢的小肥仔，它们昼伏夜出。你看过睡得稀里呼噜的袋熊没有？它们腹部朝上、摊开四肢，睡觉的姿势完全合乎"四脚朝天"这个形容词。我总觉得它享受睡眠的模样，是世界上最感人的一幅画，那种幸福让人"触目惊心"——我们活得那么累做什么？

无忧的土地在人类——尤其是西方人的入侵后才苏醒，连猫咪们的存在，对本来没有天敌的原生动物们都是一种威胁，你可以了解，啊！上帝，原本多么希望他珍爱的土地，能够真正的与世隔绝。

狩猎之旅

第一次到澳洲我就被吓到了。朋友说，我们去参加狩猎之旅吧！

我是初生之犊不畏虎，根本不知道什么叫"狩猎"，我还以为可以像电影里面的英国贵族，穿得英姿勃发，骑在骏马上赶赶兔子就算了。接驳的巴士开离布里斯班市区四个小时还不见目的地，我才觉得有点不对劲。六个小时后，我在一个空旷的山头下了车，举目四顾，确是鸟不生蛋的地方，咳……我咳了一声，余音竟然袅袅不绝。

主人开着吉普车来领我们到营地。我才明白，晚上得在这个大得令人发抖的山坡上露营。我巡视营区一周后，发现我必须在竖立着"小心鳄鱼"牌子的河中打水洗澡，而洗澡间的莲蓬头，完全是西部片《荒野大镖客》里的那种：一个人洗澡时，另一个人得做加水服务；厕所当然不是冲水式的，应该叫做"堆肥式"的吧，旁边还画着一圈石灰粉，怕蛇闯进来偷窥。呵呵呵，在我已经笑不出的时候，主人还宣布，大家出去打猎吧，否则晚上没饭吃。

玩真的？我的勇气和好奇心瞬间就给荒凉大地吸收掉了，头一次体会一个都市人在真正离开文明之后，是多么渺小而无依。

吉普车在林木稀疏的山头上绕了几圈之后，拿着猎枪的猎人对我说：高明的射手要射在颈子下方，才能维持毛皮完整后，举枪瞄准，"砰"一声，一只黑白相间的野山羊应声倒地，在我张大嘴巴还没叫出声音的时候，又是"砰"一声巨响，另外一只黄白相间的山羊也中了弹。猎人们停下车，把山羊倒挂在树枝上，不到五分钟已经利落地把羊皮剥开、羊肉剔出，做好分类，只剩下两个血淋淋的头，静静躺在枯叶堆里。一只很小很小的黑黄白相间的小山羊，则徘徊不去，发出凄厉的咩咩咩叫声。

我立刻明白，眼前这一幕是山羊家族的灭门血案。"你不用担心，会有其他山羊妈妈领养它的。"猎人以和蔼地笑容对我说。

这是合法的猎杀。当野山羊和袋鼠过度繁殖时，猎人即可获颁"夺命追杀令"，可是，对于山羊家族……"我们可以享受丰盛的晚餐啦！"猎人眉开眼笑地说。

凯旋途中，有一群好奇的袋鼠还停下来，以欣赏怪物的眼光远远地凝视我们的吉普车。

"傻瓜，快走呀！"猎人已经举起了枪……

我一惊呼，袋鼠们似乎吓着了，砰砰砰（跳跃声）扬长而去。

"你对它们说什么？"

"中文。"我咧嘴傻笑。

当晚吃的是烤肉大餐，当天打的山羊，还有昨天已经死于非命的袋鼠。袋鼠肉什么滋味？我毕竟学不了饿死首阳山的伯夷叔齐，还是吃了一串。它似牛肉而稍硬，一点也不好吃，可是我的辘辘饥肠还是把它消化掉了。

那一夜的亲身体验，让我十足领会以前念荀子"仓廪足而知礼节，衣食足而知荣辱"的道理，一个人太饿的时候是不可能仁民爱物的。

我在澳洲吃过的不只袋鼠肉，还有水牛肉、骆驼肉、鳄鱼肉。味道有什么差别？由于吃时心有余悸，只能分出肉质的软硬，并不识肉滋味。

在黄金海岸别出心裁的 Crooked（曲折）餐厅，以上肉品均有售，我的朋友竟还叫了一条虫来"分享"，那是澳洲土著最喜欢吃的虫，长得似蚕宝宝而稍肥，沾花生油炸，"据说"吃起来口感很像蛋黄加蛋白。用"据说"二字，是因为我宁死也不肯吃它一口的缘故。

从我身上我充分体会人类的贪生怕死更怕饿死的胆怯与无奈。

大堡礁的浮潜

有时我又勇敢得超乎自己所想像。这一次到汉弥顿岛，一出机场，我发现岛上交通工具只有一种以电力发电的小敞篷车，于是我向同车的两人毛遂自荐,我来开!

他们不疑有他,直到我在一个大转弯时撞到山壁。

"你到底会不会开车呀?"

"我不会呀。"而且我是连汽车驾驶训练班都没参加过的菜鸟。"我想这种车看起来一定很容易开……"

"不错啦,"他们露出大难不死的微笑:"你满聪明的,还知道要往山壁撞,没往那边开,不错!"

那边,是靠海的悬崖,至少有五层楼高,我当然不会笨到往那边撞。可是从此后,没有人愿意和我同车,如果我掌方向盘的话。

从汉弥顿岛到大堡礁的海上浮台,要搭两个小时的游艇,行过蓝色大海,阳光如梦似幻,一上浮台,我就跃跃欲试,想要尝尝浮潜的滋味。

我先到海底的透明玻璃前看看海底的情况:银光闪闪的是几千条沙丁鱼群,黄黑白相间模样滑稽的大概是小丑鱼吧。我一向喜欢看鱼,因为鱼群呆头呆脑看来没有什么烦恼,而在大海中有三度空间可以游动,我想一定比用两条腿走路更逍遥,更不费力才对。

大堡礁,每一条鱼看起来都像展翅飞翔的海中小天使。这里禁止捕鱼钓鱼,鱼儿栖于此地几乎等于买了终身保险。

我穿了救生衣准备跳进海中,虽然我不太会游泳。

我曾费尽心思学过游泳,不知为什么,总没有真正学会,只好安慰自己，上辈子一定是溺死的，这辈子对水才如此难以亲近。

但世上又没有比海洋更令我醉心的景致。

一位同伴在下水时不小心被浮台的边缘划伤，我很没同情心的和他开玩笑说："你流了血，别靠近我，以免鲨鱼闻香而来时，连我也吃了。"

下水没多久，睁开眼睛，果然看见下头有一只黑气腾腾的东西由下往上靠近我……老天，鲨鱼……即使救生员离我不到十公尺，我至少也得牺牲一条腿……我没命地往浮台游，使出最大的力气……

大堡礁海域是有鲨鱼没错，但后来我才明白，那庞然大物并非鲨鱼。午饭后船长闲来拿剩余的鸡腿往海上丢，大鱼跃出海面准准接住，鸡腿在它口里只如一根牙签；一条超过两公尺的石斑！不久我又看到第二条、第三条……还有尖嘴长身类似一支钢笔的鱼来凑热闹，少说也有一公尺多长……

我以为石斑只有盘子大小呢。

与如此庞大的石斑鱼共泳，你必定不会觉得清蒸石斑美味。"它八十岁啦！"救生员说。

天地之大，无奇不有。大堡礁使我大开眼界，如果你问我，有一个月假期，我要怎么过？我想，我一定会选择到汉弥顿或附近的林曼岛过日子，傍海而居，而且该地有齐全的安全设备、干净且价廉的旅馆，还有上上之选的各国美食。

在这儿，值得每天对蓝天碧海说一次：这才是生活！

异色冒险

至于和朋友到墨尔本看 Man Power，嘿，那又是一次异色的冒险了。

Man Power 曾至台北，入境随俗，作风也保守得多。在澳洲，他们可是脱到淋漓尽致的地步！澳洲女孩也大方，敢上台与之共舞，碰到他们的私密部分时，还可以装出很陶醉的样子。

我本是一副"去看看"的神气，但到场后发现，观众的责任不只看而已，还需承受舞者冲到你面前来一起做现场秀，和你在众目睽睽之下爱抚一番，冷汗不自觉地冒了一背。当他冲到我前面来时，勇敢的我双腿颤抖地站了起来，急忙冲到洗手间去。

出场后大家脸红心跳，有人斜眼嘲笑我："刚刚是谁说要去看，说得最大声的呀？"同去的台湾男子们则露出："你们台湾女人真是小家子气"的神情。他们是五十步笑百步，因为我们先前和他们去看裸女的 Table Dance 时，他们一样拘泥！

关于享乐主义，我真是得向澳洲男女行三鞠躬礼！

上海——有鬼的糖果屋

有好一阵子,走进餐厅里,只要隔壁桌有上班族在午餐,就有人提起上海。根据调查,台湾有大半的上班族愿意前往上海工作,他们口中的上海,俨然是个二十一世纪的新淘金窟,几年前它还像刚出蛋壳的雏鸟,羽毛未全,模样也很滑稽,现在忽然长成了一只东方之鹰,目光炯炯地看着世界经济市场上的所有大鱼大肉。

倒是惋惜,从前来时没有把"老上海"看清楚,一转眼,它就蜕去灰扑扑的壳,又回到纸醉金迷的锦绣世界中了。

最爱赶时髦的上海,最耐人寻味的是它的旧皮新骨。

我向来爱把住饭店当成旅行目的之一,这几年在上海,住遍了它的五星级饭店。除了一般台商最爱投宿的波特曼,还有瑞吉红塔、金茂凯悦、四季酒店。

朱家角啊小苏杭

很多人到上海,会附带到"水乡"一日游,徘徊欣赏江南水乡之美。只可惜,总是人挤人,吆喝声多,汗臭味浓,水乡的气质之美就沦落了,倒不如在风景明信片上凭吊。

可是,不见水乡,又仿佛没到过江南。

离上海不到四十分钟车程的地方,又有个新开放的水乡,叫做朱家角。它或许没有周庄美,但味道已近似了。它最受青睐处在于方便省时。其实在观光热潮的洗礼下,每个水乡的样貌都难免有些制式化,没太大差别,贩卖的都是猪蹄膀、粽子、糖莲藕等江南名产,以及粗糙的字画、扇子、仿古物和中国结,也一样流行把鱼虾放生进运河里。

运河的水实在脏。被放生的鱼在岸边苟活,根本不敢游进河心,河心的水更是污浊不堪。放生可能等于放死。这实在是一大讽刺,不过,我还是以朝圣的心情,为这有几百年历史的生命之河拍了一些照片。

回家后,把我拍的朱家角扫进电脑里,改造成这样一幅黑白的素描,比较接近我想像中古老的江南。

从这种行为可以嗅出我的霸道,当世界不美好,我用自己的感觉另外创造它的另一重面貌。

管家半夜来擦鞋

四季酒店,价格并不昂贵,而且位于市中心区,离吴江路的美食街很近,想要吃上海传说中的"五块钱人民币"的美味大馄饨十分方便,但它充其量算是个精致的大型商务旅馆。

瑞吉红塔比较偏远,离浦东商业区还有一段距离。大多数日本旅游杂志都票选它为"最佳旅馆"。因为它有二十四小时的管家服务,即使你三更半夜打电话要"管家"来擦皮鞋,他也会和颜悦色地照办,而且并不挨挨蹭蹭地等着拿小费。在大陆吃过服务人员派头的人,必然不太相信这里的服务水平能好到哪里去。为了试试这些年轻又清秀的管家服务品质能打几分,我决定在半夜要他送咖啡来,果然,不到五分钟,热腾腾的咖啡送进房里,使我大大折服。

瑞吉红塔的房间也是最讲名牌家具的,每个客房竟然都有一把近千美元的 Aeron Chair——那是我最爱的写字椅,坐在上面打电脑是顶级享受,只买下一张还心疼好久,这饭店根本不怕客人糟蹋,手笔实在阔绰。

楼高千仞的金茂凯悦是这几家五星饭店中最贵、最气派、装潢也最有现代中国味的。虽然它的服务和装潢都偏酷,但全上海最好看的男人都在金茂凯悦当门房,我的上海朋友说,他们应该是东北来的,不是上海男人,上海男人没那么高。游泳池在顶楼,可以一边游泳,一边看着黄浦江水悠悠奔流。

依女儿梦境盖房子

不过，我在上海住过最贵的饭店，却是马勒别墅旧馆。它的一夜情价格，价值万元台币。在里头住了一夜，我感觉自己很像蒋宋美龄时代的人物。想像中的上海云烟往事，在那一夜感觉具体多了。

马勒别墅，是一则褪了色的上海富豪传奇。人们公推它是上海滩上千处花园旧邸中，最考究的一处。它的主人，是来自英国的犹太人马勒，第一次世界大战结束后，他赤手空拳地到上海打天下，没几年，竟然变出了倾城的财富。

我所听过的故事中，靠赌博变成富翁的，大概只有马勒了。靠着一匹好马，使他在赌马局中连连得手，连参加赌狗比赛，运气竟也一样好，口袋里的钱在赌场中滚饱了以后，靠着犹太人的精明与努力，他成立了报关的洋行和造船场。

有钱到没处花的马勒，最疼爱他的女儿。美丽的小女孩有天做了一个梦，梦中不知不觉地走进了一个童话屋，像安徒生童话中的怪异城堡，里头曲曲折折如迷宫，又像置身在巨大的船舱中，梦醒后女孩把梦境画在纸上，马勒命令设计师以此构图来盖别墅，这一盖就盖了十多年。为他挣得财富的老马去世之后，他还为它造了铜像，葬在后院中。这匹马，注定是花园的主人，历经"文革"磨难，又回到了花园。

马勒住在这栋别墅中的时间，只有短短五年。抗战时，日本人将犹太人都赶进集中营里，也占据了马勒别墅，把它当成军人俱乐部，抗战胜利后，它又成为国民党的特务机构；五十年前，被当作团市委的公家建筑。还好上海的公务员很文明，不许在这古迹墙上钉钉子，也保留了花园的完整性，现在才能在设计师的修复下重现光华。

别墅现为饭店，又增建了新馆，新馆价廉物美，却不许进旧馆参观。我执意住进旧馆，我住的那间房间，正是过去小女孩的卧室呢，一进去，我就兴奋得四处乱逛，它的建筑设计确实空前绝后，走着走着，有时也会迷路，不知道自己置身何处，而里头的灯具和壁画都很考究，凡有木头处，都有雕花装饰。我在重新修复的巨大房间里，在拼花地板和镶金家具的陪伴下，一夜好眠。

"真不容易，你还睡得着。"第二天朋友才告诉我，这个别墅是鬼屋之一。当它是情报机构时，怪事不断发生，不知发生过几次手枪莫名其妙走火的事件。所以有人说，正是前后各情报处在此的神秘过往，所以阴魂不散的缘故吧。

学会"海"派生活并不容易

上海，在很多人心中是个圣地，处处夸它好，其实我倒觉得，上海成长最迅速的是它的硬体。

如果要体会上海风味，我宁愿在香山路上逛街看梧桐树，而不愿夜夜在新天地里头付出昂贵的代价品茗、喝咖啡。新天地其实是个巨大的新式样板戏，声光效果卓著，内涵却不见深远精致。

我的朋友小周到上海已经两年了，刚到上海时，她还会乖乖排队等计程车，没想到淋成落汤鸡了也还等不到车，总有人不守规矩地杀出去拦劫。后来，她学会了"抢"字诀，没想到她一开车门正待跨进去，还会有人硬生生地拉开前车门抢搭，脸不红气不喘地先下指令给司机，她只好黯然下车。现在，她学会了泼辣，绝对把对方骂下车去，她说这是一个要吵才会赢的地方。

有一回，一个中年男子把痰吐在她鞋上，死不道歉，她就追上前去，把那口痰抹回那男子的裤管。谁怕谁？

她说她不爱上海，却已习惯上海，且已定居上海。因为上海处处是挑战，让她充满了征服感。

我没把握自己可以在上海活得很好。以搭地铁来说好了，我亲眼看到有人让座给老弱妇孺，却有一位妙龄女子在众目睽睽之下先抢坐了下去。坐下去后，掏出小笔记本，假装很专注地读着，完全不管旁人瞪她的尖锐目光。

在地铁站里，一个大个子的男人视我为无物，直直撞了过来，分明被撞的是我，我竟然还不自觉地先说："对不起！"那人扬长而去后，我才觉得自己很白痴。是的，人在上海，得学会皮坚肉韧骁勇善战精明灵巧，以我目前的状况，在上海并无足够的生存能力。

"可是，假以时日，我们能屈能伸又会察言观色的台湾女人，是不会输的。"小周笃定地说。

另一种朝圣之旅

旅行，不只是旅行。对于某些觉得生命就是要来创造些什么的人来说，它是变奏曲的第一个音符。

1965年春天，在环游世界的念头不算太寻常的年代，有个二十三岁的日本青年，踏上了他梦想中的游欧之路。

想要到欧洲的理由很简单，高中毕业后只能上建筑函授学校的青年，在书店里发现了一本法国建筑师柯布西埃（Le Corbusier）的作品集。他每晚打工完都到书店和那本书约会，一看就是好几个钟头，为了怕它被买走，他总会偷偷把它藏在一大叠本的最下层。一个月后，他才用打工存的钱把它买回家。

柯布西埃的成功，对他来说是一线希望之光。因为柯布西埃也不是建筑科班出身的，而是直接"取法前辈大师，不管旁人眼光，自由大胆的学习着"而开创建筑新纪元的大师。从那时候起，他立定志向，一定要到欧洲，看一看自己心目中发亮发光的伟大建筑。

三百六十日元才能换一美元的年代，他靠好几年青春辛勤打工存到了六十万现金，从横滨搭船，经由又长又无聊的西伯利亚铁路到莫斯科，再由北欧南下巴黎，千里迢迢来到柯布西埃设计的小教堂。连续好几天，他舍不得离开小教堂，一个人在里头享受着充满能量的、撩动的光。

诱惑人心的光，挑战思考的光，在光的呐喊中，他心中混沌的建筑梦第一次受到了鼓舞，看到了自己的无限可能。

旅行不只是旅行

在欧洲圆梦后，他用最后的一笔钱搭客货两用船回日本，从马赛出发的船，要经过象牙海岸、好望角、马达加斯加、孟买、斯里兰卡、曼谷，两个半月才会到达神户。青年住在船底的八人房，三餐只能吃面包和大豆煮成的咸汤。这不打紧，因为货物不够不能开船，使他在马赛等了一个月，盘缠几乎用尽，到了印度，他卖掉身上的手表、相机和钢笔，勉为其难地进行了一趟丰盛的印度之旅。

后来他回忆到，在那样的惴惴不安中体验宗教的静寂之美，成为终生刺激他创作生命的某种酵素。

此后四年，直到他成立个人的建筑事务所为止，他迷上了旅行，一边半工半读，一边倾尽所有，寻找所有大师的作品，他的眼界不知不觉中与众不同。"我从来不是个观光客，我是个求知欲很强的旅行者。崭新的世界里一定藏着我所不知道的答案。每一次我面对一栋建筑物，我都会问自己，如果是我，我会怎么设计它？"

因为旅行，也因为旅行不只是旅行，所以一个自学的青年有机会成为安藤忠雄。

最近常常读到有关安藤忠雄的访问稿，他总不忘提起年轻时那一段艰困却亮丽的旅行。

我很喜欢安藤忠雄的旅行故事。年轻的心、勇于实现生命召唤的傻劲、虽然贫穷却想要看尽世界美好事物的雄心、坦然面对漂泊的孤独心情——那种破釜沉舟的热忱，是实现梦想所必需的勇气。

总让我忍不住问自己：我，什么时候失去了那种心情呢？

从什么时候开始，我失去一种在旅行里朝圣的心情，只贪图享受舒适豪华无压力的环境？我是否已经在年轻岁月中遗失了一双好奇的眼睛？

物质上不再贫乏，精神上便开始钝懒了吗？

想起他年轻时候那么义无反顾的旅行，总让我有着"我必须好好反省"一下的冲动。

我感到一种真正的尊敬

我对建筑没有研究，只是一个仰慕安藤忠雄的游客。几年前，我曾一个人到淡路岛拜访他的新作"梦舞台"。

这些年，"阪神"地震之后，身为大阪人的安藤，在挑战世界地标性建筑之余，把大部分心力都放在故乡的重建上，安藤的建筑物悄悄地变多了。

在秋天枫树将红未红时，我决定到安藤的故乡，进行一次安藤建筑之旅。听起来这个主题旅游的题目好硬好难，其实不然。安藤的建筑之旅，近年来在日本十分热门，只要看得懂一点日文的话，很容易在日系书店里找到一整本安藤忠雄之旅的详细索引及路线规划图。此外，他设计的公共建筑多半是伴有山海之致的博物馆和寺庙，不会只有枯燥的建筑结构可以看，外行人还是可以看热闹。

读完一本日文杂志所编的《安藤忠雄之旅特别号》，在行程表上发现我竟然有五天假期后，我马上上易飞网买明天就可以飞定的机票。

在淡季旅行，最棒的是可以在网络上买到很便宜的机票，订到很便宜的单人旅馆。飞大阪的机票，不到一万台币，我拎着这一本杂志，手上的旅行袋里也只放着相机、底片、一套睡衣和几件换洗衣物，操着一口"日本人要很有耐心才能和我沟通"的日语，就这样出发了。

随缘式的旅行最怕带一大堆家当，东西少的时候，特别有一种流浪的美感。

当天下午，饿着肚子的我淋了一头秋雨，赶在关门前挤进位于东大阪市的司马辽太郎纪念馆。

司马辽太郎擅写日本的史地风物志，一辈子卖过一亿多本书，写过《台湾纪行》，台湾人对他的名字并不陌生。

他去世后，当地政府为了表达敬意，在他的自家宅第上，盖了一座纪念馆，请安藤来让他的精神长存。

不到此地，不知道什么叫做"浩瀚书海"。

虽然面积不大，但这可是一间有大气魄的作家纪念馆。里头的陈列让我觉得像走进了太空船一样，仔细一看，太空船的两壁都是书。司马辽太郎的著作和他毕生藏书两万多种，在十一公尺高的巨墙上虎视眈眈，似乎在睥睨着来访者，讥笑我学识浅薄。

所有的书，安安静静地排列出移山倒海的磅礴气势来。

什么是对文化耆宿的敬意，在这儿，我看到了。

这可不是重阳节敬老向老作家致慰问金而已。

而是一种真正的尊敬。以和司马辽太郎著作一样具气势的建筑，烘托出他的形象。既具有商业考量，也在文化的深度上着对了力。

访客不知是来看司马辽太郎，还是来看安藤忠雄？这就不必细分了。

看管的老先生言明不许拍照。问他可否稍稍通融一下，他说，如果是"不妨碍别人"的摄影机，就不在此限了。我还是做了一点坏事，用"不妨碍别人"的照相机,关掉闪光装置,在光线已暗的巨大书房中,拍了几张正反不太能分的照片,才甘心在休馆的最后一刻离开,躲进咖啡店,甩掉身上的冷雨。

北海道的渡边淳一文学馆,也是安藤作品之一,若到北海道,我很有兴趣看看:安藤为两个完全不同的作者设计的建筑,是否也有迥然不同的气质?

每一刻阳光的感觉都不一样

在我的路线图上,淡路岛有两处值得拜访的地点,除了第二次前往我认为"全日本最佳拍婚纱地点"梦舞台和海之教会之外,在淡路的东北方,还有一个小小佛堂,也是出自安藤手笔,那就是真言宗本福寺的水御堂。

有趣的是,不管是任何宗教的圣殿,安藤都有奇妙的巧思,既有他个人特色,又不忽略宗教的本质。大阪"光之教会"以透光的十字架创造了静谧的教堂气氛,也使位于小地方的小教会成为首屈一指的观光点;在真言宗的水御堂,他则利用莲花水池中间那一道"一截一截进入没有光的所在"的阶梯,创造出神秘的宗教气氛。进入本堂,朱色格子和杉板,将夕阳转换成安静却不冷清的人间色泽。

"天气好的时候,阳光每一刻的感觉都不一样哦。"看守的老太太大约有七十岁了。"真可惜,今天的天气不好。"

看来好像埋在地底下、很小的寺庙，但一点也不平淡。光影随时来玩捉迷藏。这就是安藤所谓"减法"的建筑吧。一般建筑用的是加法，从无到有，但在庞杂的城市中，安藤擅长以减法建筑来安排，他常把主建物埋在地下，将结构物一片片删减，还土地干净面貌。这应该是受了他在印度参观阿美德堡地下水井的影响。

他曾经写道："……沿着通往地下的楼梯继续往下走时，仿佛就像是被割裂大地的黑色缝隙给整个吸了进去的感觉。外面那严苛的自然环境也缓缓地失去了影响力。上头射进来的阳光变得微弱而隐约，呼吸进来的空气变得阴凉，终于四周的世界开始为静寂所支配……那就是类似宗教性色彩的气氛吧。"

当时看到这段文字时，我竟然想起了村上春树的《世界末日与冷酷异境》，其一就是这样的气氛。我倚着朱红色的格子墙坐了好一会儿，时间宛若在此时静止，外在的纷扰暂时停息。

每一次的拜访都像是一趟愉快的远足

我也拜访了兵库县的儿童馆和县立美术馆，以及位于大阪、京都中间的大山崎美术馆，大阪天保山的山多利美术馆。儿童馆位于姬路近郊，是该县儿童的福利，县政府请大师为亲子设计的免费亲水公园及图书馆。入口水连天，白云在水中倒影比天空还要亮丽，就是一幅惊人的现代画。

在日本，"无料"这两个字很令人感动，因为实在不常有。我在入口处一再张望，生怕自己没付钱就闯关。儿童馆依山傍湖，日本妈妈带着孩子们，悠游野餐，使人深深感到姬路市民的幸福。

拜访兵库县立美术馆时，它正在大展借来的梵高画作，人山人海。完工不到一年的美术馆，也是依山傍海，三百六十度都是好风景。

大山崎美术馆是朝日啤酒的产业，山多利美术馆则与我们熟知的威士忌有关，商业机构够水准的文化投资，都找上安藤设计。这时大山崎正在展莫奈的《睡莲》，画作不过五、六幅（虽然在如今也够价值连城了），却请安藤设计了一个"地底的宝石箱"式的建筑好好地呵护它。莫奈若有知，也会感激涕零吧。

日本的美术馆有个共同特色：因为内容物实在没办法精采丰盛到哪里去，只有在硬体取胜，又以庭园之胜及观光资源拥抱它。我很喜欢在日本拜访美术馆的原因，倒不是因为非得看它的展览不可，而是每一次拜访都可以享受很贴心的动线及服务，都像一趟愉快的远足。

很懂得藏拙的一个民族。

在旅行中恢复对话能力

这一次旅行，我可是打定了主意，不浪费时间在购物商场里。

其实购物狂的恶习我全部都染过，比如到全世界各地都会逛同一家名牌店，明明货色相同，还看得乐此不疲，以"皓首穷经"的态度在比价。这一次发誓要进行"贫穷的安藤之旅"，可是经过了一番反省哪。以我过去的旅行经验，买东西时总是很兴奋，回来秀东西给朋友看时也总觉得自己很英明，但秀过之后，空虚的感觉却不断袭来，觉得"全世界品牌就是那些，明明台湾也有得买，只是当地价钱较便宜，为什么我要把旅行当上菜市场呢？"

那就好像到了世界各地的美食餐厅，都坚持吃自己惯吃的那道菜一样。

这种觉醒也许苏醒不了太久，因为我毕竟是个善变的俗物，大概只是因为，包藏在我内心深处的那个"理想青年"，受到安藤忠雄年轻时贫穷之旅暂时感召的缘故吧。

反省过后的旅行，只能搭经济舱、住日本最新兴的便宜旅馆东横旅馆。东横的一人房不超过六千日元，以日本物价来看，比民宿价格更低，还可免费上网。

最可怕的不是环境不舒服，而是理想的丧失——啊，对我来说，这应该算是安贫乐道了吧——我这么安慰自己。

安藤曾经说过一段有意思的话：

如果创作者对于"舍弃"这件事有点不舍的话，前进的脚步可能就会因此而停下来……不继续走下去是不行的。方向或许不局限在一条直线上，有时会往后退，有时会倾斜，有时会横着。只要不把脚步停下来，必定能和最终的目的地连结。就像旅行一样，一旦出发，就注定是一场永不停止、奔向未知的漫游……

对他而言，旅行是一种内在世界与外在世界狂热而无声的对话。我常在写不出东西来的时候去旅行。并不是为了寻找灵感，其实，也只是为了恢复自己和陌生环境对话的能力吧。

希望你享受厨房,却又不受困于厨房的方寸之地。
享受厨房的快乐,少掉在厨房头痛的时间。
因为食物是快乐的来源之一。
但,不是全部。不值得为它怨,为它背负那么大的身体负担,
所以日常做菜时,当然可以聪明些!

Part 4 美食
味蕾上的想念

我常常用咖啡馆记忆一个城市。当那个城市在回忆中渐渐失去鲜明的轮廓，咖啡馆仍然像一枚珍贵的邮票，贴在心灵的信封上。

心情好时，就回家煮菜吧

有时候我想，我们真是个没有创意的民族。

传统好菜固然有它的口碑，但烹饪节目里还是在介绍怎么做狮子头、炒回锅肉、炖鱼翅，调味也老是酱油、香油、太白粉。有时做一道菜的筹备时间得花上一天，算算材料费却又比餐馆贵，不知道这样的忙法是否真的有意思？

煮菜是幸福的，如果它是权利，而你既有余力，又能赢得家人或客人"满盘扫"的鼓励。如果它变成一种例行义务，耗尽你一生精力，又老是让残羹剩饭使你黯自消瘦，那么，尽管你如此牺牲，也没有人会满意。

我们可不可以双赢呢？

我很享受在家做菜的乐趣，也是个不按牌理出牌的人。从小我就有相当的实验精神，一边看食谱，我会一边问自己："有没有别的方式可以代替？换上另一种调味酱会不会比较好吃？"

吉本芭娜娜小说《厨房》女主角说："她希望在厨房呼出最后一口气。"听来夸张，却令人动容。没有当上"美食家"或厨师，偶尔很忙碌的我对烹饪还是眷恋依依。第一次拿锅铲的记忆还很清晰，应该是国小四年级，说来得感谢我妈妈连荷包蛋都会煎成油炸蛋——这怪不得她，她是个非常忙碌的职业妇女，当时又没有今天这么现代化的炊具！

煮菜有煮菜的乐趣。在外工作遇到挫折的时候，我最喜欢上菜市场，默默对自己说："那就回家煮菜吧"，颇有一种"归去来兮"的浪漫。酒酣饭饱，总会感觉人生依然美好，心情也没那般潦草。

要在生活中打拼，得需筹备些力气。食物提供的不只是能量而已。

食物也提供安慰，提供些许欢喜的情绪。

如今我把不按牌理出牌的烹饪经验做成食谱，它可以是一份半个小时就能做出一桌菜的食谱、一份食人间烟火又尽量没有油烟和火气的食谱，也是一份可以让煮菜的人一起坐在餐桌前享用的食谱，更是一份吃了不要造成五脏六腑太大负担的食谱。

我是一个不能在餐桌上缺席的主人。如果我在厨房挥汗如雨的煮菜，我的朋友必然不好意思吃饭，他们来找我，为的并不是吃饭本身，而是希望大家有时间可以看看彼此的眉眼、谈谈对生活的感觉。

所以我必须有聪明菜的特殊处方。

希望你享受厨房,却又不受困于厨房的方寸之地。

享受厨房的快乐,少掉在厨房头痛的时间。

因为食物是快乐的来源之一。

但,不是全部。不值得为它怨,为它背负那么大的身体负担,所以日常做菜时,当然可以聪明些!

唇齿留香的大田原牛肉

下箸之前我有点犹豫，筷子似乎微微地、虚荣地抖了一下，噢，一盘五万日元的牛肉。

每一片，不过像稍厚的铜版纸一样薄。数了数，只有八片。这样的涮涮锅套餐要五万日元。

餐厅很寻常，坐落在东京六本木附近麻布十番地铁站的夜生活区中，某一栋办公大厦一楼。装潢很新，但不算新潮，也称不上考究，以台湾来说，随便一家三十五台币咖啡店或泡沫红茶店的装潢水平，都比它酷得多。

店名也很俗。日本高级餐厅店名多半具有唐诗风雅，而它竟然叫做"大田原牛超"。这名字听起来……嗯，像一家"便宜、量大又好吃"的餐馆。

寻常的家用电磁炉摆在桌子上，寻常的涮涮锅，清汤如水，并不是什么熬煮过的好汤头，汤里头一块色泽暗沉的昆布，载浮载沉。

我警告自己，不要让价钱左右了美食品味，虽然它是全日本最贵的牛肉。人类的味觉其实很容易受到价格的影响。到了昂贵的餐厅，如果不感觉"好吃"，会觉得很划不来，但又舍不得自己被骗，所以，常会强迫自己找出一些"真的很好吃"的理由。

世界各国都有不少华而不实的餐厅，以高价位和繁复手续、高贵气氛、装饰得十分精致的菜肴、名人推荐及强力宣传，来催眠人们的味觉。其实，并不好吃。

我点的五万日元套餐，价钱已经够令人咋舌，却不是此店最昂贵的。最昂贵的套餐标榜"全日本每年只有三十头的BMS12级的牛中，最高级那三头的最精华部位"的牛排，要价十万零五千日元，不含服务费。这样的价钱，让人不由得怀疑：日本经济真的泡沫化了吗？

所谓大田原牛

什么是BMS12？这个问题真要解释起来有点复杂，简单来说，就是日本最高等级牛肉的意思。日本牛肉依红肉、脂肪交错分布的程度，分为十二级，最高级的就是BMS12。这是由"日本牛级数协会"的牛肉专家所共同鉴定的。

"一般消费者在高级超市里买到的和牛，能够有三四级已经很不错了。"副社长五味渕康雄说。

一般人常常以生产地区，来判断日本牛肉的好坏。比如，一般人会认为只要是松阪牛就是好的。但是在日本，只要在神户、大阪养了三个月再宰杀的牛只，就可以冠上松阪牛的美名。所以有些外地的畜牧场，会投机取巧地将成年牛只运到该地宰杀，以求得价格保证。久而久之，以地区为名的牛肉，常有名不副实的情况发生。

而在世界各地以高价售出的神户牛排，目前有绝大部分并非出产自神户，而是来自澳洲或美国，"他们饲养的都是混血的和牛，并非真正的日本牛。"

日本老牌牛肉贩卖商大黑屋的第三代老板冈野嘉树，不只是想要做"肉贩生意"，还想把饼做大。他自己到大阪学习专业的养牛技巧，回到老家后，联合了那须高原地区的畜牧业者，以极讲究的方式养牛。他挑选了从北海道到九州鹿儿岛的最佳质量的牛，建立"大田原牛"的品牌。

所谓的大田原牛，并非产自大田原的牛，而是全日本最精美、入口时最令饕者感动的BMS12级的牛肉。

每年可以评为BMS12级的牛肉，只有三十头左右。

一般牛从出生到进屠宰场大概是二十个月，而高级和牛要养二十七个月以上。BMS12级的牛，平均饲育期则在三十三到三十四个月之间。这些牛当然是在娇生惯养下长大的。首先，它们品种优良，家世都可考，从爷爷奶奶那一代就是好牛,不许随便交配,可以说是系出名门。

其次,它们生长在优雅安静的环境里,饮用的是高原的甘甜水质,偶尔还会听听优美的音乐,夏天太热还有冷气吹。

按摩也不可或缺,平时有人帮它们用啤酒和盐按摩身体。

为了让霜降比例完美,牛幼小时还可以运动一下,三个月后就必须在干净的室内"安安静静地长大"(我还是忍不住想要开个残酷的玩笑——总之,它们在蒙主恩召的前一刻,命都很不错)。

饲料也经专人调配,但五味渊先生说:"它们吃什么,是秘密,不能够透露给你。"

一朵有牛肉味道的云

贮存很重要,牛肉并不是越新鲜越好吃,必须在冷冻库里保存一阵子,才能让里头的饱和脂肪酸和不饱和脂肪酸,在岁月的搓揉之下达到均衡,食后才会有醇美甘甜的味道。

吃这样的牛肉,时机也很重要。霜降牛肉的脂肪部分会在摄氏十八度时开始氧化,略略泛出油光。一旦送上桌来,享受也要实时。

在等待涮涮锅煮沸的空当,我吃了一道前菜——共有三种口味的牛肉冷食,包括生牛肉、外表稍微烤了一下的薄牛肉片,以及薄牛排。

三种牛肉都有"入口即化"的效果。我认为,最美味的是外表微微烤过的那一种,脂肪经过炭火烧灼,透露出一种奇妙的香味。

主食的涮涮锅，虽然只用清水和昆布当汤头，但蘸料相当讲究。有西伯利亚岩盐、黑胡椒、细香葱和枫叶萝卜泥（一种辣椒和白萝卜琴瑟和鸣的佐料）。

除了牛肉之外，佐菜包括鸿喜菇、舞茸、日本大葱、春菊叶和京都水菜。调味料是简单的果子醋、芝麻酱和西伯利亚岩盐。

我的眼前放着两盘牛肉，一盘是DMS12级，要价五万日元；一盘是第八级的那须牛肉，价格两万两千日元。光是颜色已有明显的区别，十二级的牛肉，颜色像初恋的玫瑰一般的粉嫩；第八级的牛肉，颜色鲜红一些，肉也切得稍稍厚了一点。

"只能涮一秒钟哦。"

我小心翼翼地将牛肉放进嘴里，努力地将全副精神集中在味觉上，感觉它们的滋味。

是的，像云一样的感觉。一朵有牛肉味道的云。

我不敢说它"物超所值"，因为它实在很贵。但是忘记价钱的话，我可以说，它确实是很好的牛肉。

五味渊先生说："我们餐厅被戏称为'牛超指数'餐厅。日经指数不断上扬时，附近的外商证券人员和科技新贵纷纷来此庆功，价值十万五千日元的套餐，一个月可以卖出三四十客。"

这家餐厅也在午餐时段，推出价值三千日元的"便宜"汉堡餐。日本股市争气时，中午餐厅就门庭若市。

当时，我和五味渊先生开玩笑："我投资了不少日本基金，如果那些外商股票公司的基金管理人不再来光顾了，请一定要告诉我，我那时出场为妙。"（话没说完太久，日本基金就崩盘了！我虽认赔，但还算及时杀出……）

五味渊先生是大黑屋现任老板冈野嘉树的小学同学，本来有很好的工作，却被旧日同窗挖角到东京店当店长。大田原牛超本店在那须高原大田原市皇室别墅附近，是名人与富人度假时最爱的餐厅。店面不到三十坪，一到假日门庭若市，名声渐渐传开来。

虽然是"三代目"，也没有研读过任何MBA课程，冈野嘉树联合那须附近农家一起用同样的方式养牛，建立那须牛的知名度，还以网络配送打开名号，建立了"大田原牛就是最好的牛"的品牌，以量少质精建立消费者信心，从不降价求售。

他的下一个计划，是要在北京、纽约和夏威夷也开设"大田原牛超"餐厅，已经派了技术人员到中国，教人如何养出完美的肉牛。

平心而论，如果你到大田原牛超餐厅，我的建议是，两万两千日元的涮涮锅很不错；五万日元的粉红肉，由于脂肪含量较多，虽然入口如云，后味甘甜饱满，但是在第三片过后，口感并不如前者来得清爽。

如果牛肉绝美，就是清水烫煮也诱人。入口时感觉像云，食后闭着眼睛静静感受它在舌尖的温柔，滑下咽喉的感觉像丝缎，而淡淡的甘甜仍留在唇齿之间。

上好的肉质，不需要复杂的烹调手续，就像真正的英雄不需任何帮衬，反而可以显露"英雄本色"。每一口牛肉，似乎都夹带着绿草如茵的高原上安静祥和的气息。

本来我对此店的气氛略有微词，但此时，空间摆设似乎不重要了。该店虽有上好的法国五大酒庄好酒，但好牛肉在嘴里，连红酒的味道也显得不重要。

物以稀为贵的极品牛肉，入口的那一刹那，便是一种幸福的感觉，一种处在太平盛世的感觉，一种把大自然尽收唇齿间的感觉。同时，呵！别笑我俗气——也有一种当暴发户的感觉。

随处有美食的京都

在京都时，我会误以为自己是个京都人。

我逍遥得像个京都人。

我曾有这样的经验：骑着脚踏车在银阁寺外的马路上，被对街的台湾游客大声喊住："吴小姐，请问去火车站要搭几号公交车？"

我提醒他们：你们一定走累了吧，有四个人，最好搭出租车，因为京都很小，车费不会比搭公交车多太多。

他们连声道谢，我挥手离去。

有趣的是，没有人纳闷：为什么在京都看到我？也没有人问我，我在京都做什么？

我是这么想的，这真是一个适合我的城市。我也觉得我本来就该在这里。如果，可以让我不必考虑任何限制，选择一个城市长久居住的话，我只有两个选择：一是巴黎，二是京都。

一个人的京都

常有人误会我很忙，其实录像时间很固定，每周两天。之前几年，我过的日子其实是悠闲的。每周只有两天的固定工作，我戏称自己是"周休五日"。

几乎每两个月，我可以有空闲到京都去住几天。有时有一两个志同道合热爱摄影的朋友一起旅行，大多时候，我总是一个人。

自己一个人，租一部脚踏车，怡然自得，没有什么目的地，东游西晃，说不出来的舒畅。

京都是一个奇妙的城市，有一半睡在沉静的历史里，睡眼惺忪着，迟迟未肯醒来；另一半则是极端的繁华，兴冲冲地追赶着潮流的脚步，唯恐被新时代遗忘。新的坚持和旧的固执，在这里携手和谈。

是的，和巴黎一样。

任何半新半旧的都市，都是迷人的。

只要有几天时间，我就想到京都去，那是一个不易让人烦腻的城市。

京都，在春天樱花开的时候，妩媚异常；在秋日枫叶红的时候，则花艳万分。

每个角落都藏着美景,但也是最让我头痛的季节。

春樱之美,都在哲学之道。情人若能并肩携手在樱花雨下走过,必然能在脑海里雕刻最深刻的爱情记忆。

秋枫之美,都在东福寺。东福寺里不知有多少株枫树,沉闷了一年,只等待十一月的某个星期,一起燃烧着灿灿红艳。

以上两景,如果可以假装看不到那些几乎和你前胸贴后背的人群,都美得让人惊叹。

在旺季里,临时起意到京都去,一房难求。

我在京都最常住宿的威斯汀饭店和凯悦饭店,总是客满。常被评为全日本饭店第一名的凯悦,或许还有几间房被保留下来,但一间非常普通的客房,常要价五万日元,实在有被敲竹杠的感觉。

旺季的坏处是人挤人,纵然有满眼的美景,想要按下相机,总避不开万头攒动;木屋町和鸭川两岸的餐厅,一位难求。京都变得一点也不亲切。淡季的京都,虽然不再涂脂抹粉,但平凡中自有真味。

我的娱乐很简单:带着我的指南针,骑着脚踏车四处逛。有时会找到一家地处偏僻的家庭式咖啡馆或茶馆,那么,就停下来吃吃喝喝,看看他们别出心裁的小摆设。

晴天的话就坐在鸭川旁,看着河里戏水的鸭子,呆坐,什么也不想。如果骑到了我喜欢的寺庙,就进去逛逛。

这些千年不变的寺庙,虽然都收取昂贵的拜观费,但它们无疑是全世界保存得最好、最注意造景，也最有灵气的古建筑。

我最喜欢的是比较偏远的诗仙堂。诗仙，指的是中国古代的诗人李白、杜甫等人。它很小，却拥有一个造景精致的小庭院，再怎么烦躁，来到这儿对着庭院跪坐，不知不觉，心就宁静了。

枫红时，诗仙堂虽然游客众多，但或多或少也受到了些许感召，人们熙来攘往，但无人敢大喧哗。

我也喜欢知恩院。知恩院里有几个美丽传说，其中一个，是一把伞，从几百年前就被放在人们不可能够得到的庙檐高处，传说是狐仙所遗忘的。我曾经为它写过一个"狐狸忘伞"的故事。

永远挤满人的金阁寺、银阁寺、清水寺，也总是美丽的。商业化并未全盘遮住它们的真实面目。

天晴时，金阁寺有一种炫亮的华丽，让人赞叹。我也曾在阴雨时拜访金阁寺——雨落湖面如丝线，从云层里透出的几缕光线，使金阁寺娇羞了起来，别有一种细致的诗意。

嵯峨野和岚山，春秋两季总是热闹滚滚。秋日的岚山，层次分明，那么美丽的山丘，世上确实不可多得。

京都，处处美食

在京都，我很少拿着导游书寻找美食。

只因京都处处都是美食，不如顺着人潮走，只要是人多到要排队的店家，都有一流的食物。

一个人不想进餐厅，就在往清水寺的商店街旁胡乱地吃些和牛包子、鱼板和冰淇淋，也洋洋自得。

我很喜欢京都怀石料理如画般的雅致。然而，以我的胃口，每次到京都，我顶多只能吃一顿怀石料理——虽然看起来每一道菜分量很少，但花样很多，每一道菜的意境都很美，不把它们都送进口里，是辜负了厨师，总让我倍感负荷。

凯悦饭店的地下楼，有一家很讲格调的酒吧，叫东山阁。睡前，我会坐在那儿喝一杯大吟酿，这已成了我京都之旅的固定仪式。

我也曾住过举世知名的侬屋旅馆。

它是京都历史最悠久的旅馆之一。一个人一宿，要七万日元以上。一进门，有一个满脸诚意笑容可掬的驼背老先生招呼我。

旅馆入口很小，像民宅，几乎隐没在巷弄里。玄关也不像旅馆，只像一般住家。

入住之后，会惊叹："啊，住这里真的好京都。"

脚步忍不住放松，不知不觉，举止也优雅自制了。一进门，已经有人在桧木浴盆里放好了热腾腾的洗澡水。

我住的和式房间在二楼，与一楼枫树相对，可以下瞰优美庭园。

我喝着茶，看着日光在黑色的屋瓦上，安静得发亮。尘喧被断然拒绝在古色古香的建筑之外，四周竟寂寥得连鸟叫声都没有。

晚上，一个人独自吃着丰盛的京都怀石料理，感觉自己是个被关在深宫大院里的江户时代的没落贵族。

那样的孤独也像一首诗。

繁华如歌，静谧如诗，这就是我一个人的京都。

有一回生病，躺在床上动弹不得两个星期，真是人生中最无奈的时刻。我只有强迫自己，想象自己是自由的，在京都。闭上眼睛，一个不做什么也自在的都市，每一个季节的奇异风景，一一重现。

想着冬日水光泛在古老石板路的京都、夏日阳光晒得人皮肤隐隐作痛的京都，还有秋日枫叶像失火般的京都，春日樱花慷慨洒人满脸的京都。

想着前前后后曾经和我一起访遍京都古刹和博物馆、大啖怀石料理的朋友。

从二十年前，我早已爱上了京都。

懂得旅游是好的，如此，才有可以回味的风光和耐得再三咀嚼的时刻。京都的每一幕，都是我记忆宝匣中最美的珍珠。

灵魂知己威士忌

我的朋友中，酒鬼不算少。

说是酒鬼有点夸张，他们对酒，就是比喜欢还多一点喜欢。

一般人说的酒鬼，只要有酒精，是来者不拒的。我认识的酒鬼们，虽然也有一点喜欢酒精，但还挑吃拣喝着。

我也是挑的。基本上，我只喜欢两种酒：红酒和威士忌。威士忌又比红酒和我的个性更对味一点。还有，我不喝混酒。

其他的酒类——像女生喜欢的香槟和白酒，我并不是敬谢不敏，只是感觉没那么契合。就算喝到昂贵的"香槟王"，也不太会像贵妇一样有着发自内心的兴奋。

喝到好的威士忌，就像是碰上了一个灵魂知己，和一群好朋友共享好的威士忌，更有一种"人生那么辛苦，只是为了这一朝的畅饮"的感觉。

喜欢威士忌的朋友多半不拘小节、不小心眼。我想，那是因为威士忌酒精最少也有百分之四五十，很容易喝到"茫"的缘故。人一喝醉，常会奔放起来，表错情，讲错话，难免失态：太注重自己形象的人，应该没有办法和这样的副作用兼容吧。

喜欢威士忌的人，就算外表很内向，至少都会有一些"闷骚"的特质，他们心里有一些东西、有一些感觉，必须要靠烈酒点燃才行。

村上春树是个喜欢威士忌的作家。他曾到爱尔兰旅行，写了《如果我们的语言是威士忌》这本书。

当然，从他的小说来看，他也喜欢啤酒。如果你参观过威士忌工厂就会了解，还没有蒸馏的威士忌，根本就是和啤酒同一家子嘛。

我喜欢威士忌，甚至为了它展开旅行。

我两次拜访苏格兰，目的都是威士忌。在到处都像是高尔夫球场的苏格兰，酒厂散居各地。以酒为名的旅行，主要是试喝各酒厂的威士忌，在拜访酒厂的路途中"顺便"看看如画风光。晚上住在私人庄园或古老城堡改建的酒店，每天醉醺醺的，是人生难得的悠闲享受。

后来，我还和台湾的品酒专家一起参加了一趟日本三得利威士忌之旅。那真是一趟满溢酒香的奢华旅行。

在此之前，我实在不相信日本有什么好的威士忌，但在旅途中，我就已经改变了想法。

我最喜欢的，虽然还是苏格兰艾雷岛（Islay）泥炭味的威士忌，不过，日本的某些威士忌，确实不比它们差了，两者的差距，在日本人的努力下渐渐缩短。几年前日本北海道的余市威士忌，打败了所有的苏格兰威士忌，得到年度最佳单一麦芽威士忌首奖呢。

说到日本的威士忌，不得不提日本的大品牌"三得利"。

三得利有一款威士忌叫"山崎"，蒸馏酒厂就在京都近郊的小镇山崎。这是日本第一座威士忌蒸馏厂，创立至今已有八十多年的历史。

八十多年前，在日本成立威士忌酒厂，可是一件被视为"痴人说梦"的事情。三得利的创建人是鸟井信治郎。他本来只是一家小商店的老板，在推出"赤玉"葡萄酒成功之后，决心要酿出媲美苏格兰的威士忌。

威士忌的熟成，再怎么少算也要一二十年，蒸馏器和木桶都需要进口，十分花钱，所以当时的人都笑他是呆子，几乎没有人看好他的投资。

但成功的创业者都有种天真的傻劲，他觉得自己就是非这么做不可。

过了七年，第一号威士忌诞生了。当时日本并不流行喝威士忌，而鸟井先生喜欢苏格兰威士忌泥炭味，对日本人而言也很难配菜喝，还是备受嘲笑。他并没有灰心，仍然怀抱着梦想等待，努力地开发日本人喜欢的温润口味。创业五十年后，角瓶推出了，生意稍有起色。

第二次世界大战后，每个家庭都有了冰箱，三得利配合餐饮倡导"水割"——加了冰的威士忌，才让威士忌走进寻常家庭。

一家小小的杂货店，如果没有梦想，过了八十年再怎么经营出色，恐怕也是个夕阳了。如今的三得利是个大财团，除了酒之外，还生产不少出色的饮料、健康食品，旗下餐厅也遍布日本各地。

山崎酒厂有个传奇的首席调酒师，叫做舆水精一，他是知名的威士忌品牌"响三十年"的调酒师。除了他调和威士忌的本领外，最传奇的，就是三十年来如一日，每天中午，他都在公司吃同样款式的清淡乌龙面。人家问他，为什么不想变化口味，他有一套理论：如此这般，才能维持他舌头的敏感度。

调酒师的舌头，很像乐团指挥家的指挥棒，威士忌里的各种气味，就像是交响乐团里的各种乐器一般。调酒师要像指挥家，必须让各种气味和谐，又必须顾及每一种气味的个性。

关于调配威士忌，舆水精一说过一些很有哲理的话。比如：如果追求面面俱到，就没有自己的个性了。所以，调配威士忌不能只是追求协调而已。口味太协调的威士忌，就好像全班都是模范生一样，如果其中有一两个淘气的孩子，反而会有朝气。

除了山崎蒸馏厂，我还拜访了富士山脚下的白州蒸馏厂。这是三得利开始酿造威士忌五十周年后的第二座蒸馏厂。白州很美，在森林环抱之中，水源甘甜，许多野鸟栖息其间，有"野鸟的圣域"的美称。

我一边看着大片落地窗外的风景，一边学着如何调和威士忌，实在愉快。不过，调和威士忌可没那么简单，调酒师一喝到我调的威士忌，就皱起眉头。有那么难喝吗？我并不觉得，自己喝得挺高兴的呢。

白州十八年威士忌，也是我喜欢的酒款。

这一趟旅行，我还在山崎酒厂订了属于我自己的私人收藏桶（The owner's cask）。山崎酒厂卖整桶威士忌，还要审查买家身份呢。据说我买的，是他们有史以来第三桶卖到国外的威士忌，听起来还蛮让人骄傲啊。

这一整个橡木桶的威士忌，过了大半年，变成两百瓶威士忌送到我家，整个储藏室都是酒。对一个酒鬼来说，这种酒香盈室的感觉，实在很充实。

喝不完的，就用来交朋友吧，让我们的感情像威士忌，香醇有味，后劲十足。

城市的记忆咖啡馆

我想我是在巴黎爱上咖啡馆的。那年我很年轻,失业,像一个异国游民在这个城市游荡。

旅人和游荡者的感觉很不同。

前者可以尽情享受,后者有些彷徨。巴黎带给旅人惊喜,但对游荡者而言,它并不那么可亲。

尤其是在阴霾湿冷的冬天。

还好,还好有咖啡馆。

虽然,连咖啡馆都是冷漠而势利的,但它仍提供一种不昂贵的奢华感。只要少少的钱,你就可以在这个巨大的城市里拥有一个小位置,享受到些许温暖,买到一些属于巴黎的感觉。

闭上眼睛,可以想象,当时存在主义就在这样的氛围里萌芽。满脑子不合时宜的文人,曾经在这里热烈讨论。

而我,曾在不少巴黎咖啡馆里写我的小说。

那些小说早已绝版,都是年轻时为了筹钱写下的作品。每写一本小说,就可以付掉一个月的生活费,可以餐餐吃热食,可以不要担心房租,可以偶尔买一件打折的衣服。

二十法郎一杯咖啡,写着写着,为了怕侍者过来问我,是不是还要再添一杯,故意留下三分之一杯以上,不肯马上喝完。

又故意在桌上放两三块法郎,以乞求侍者好脸色。噢,别把我当穷酸的客人看。

有时一天可以写五六千字,写到手腕酸痛才觉捞本。

在巴黎咖啡馆,咖啡好不好喝并不重要。事实上,我在巴黎没喝过什么好咖啡。

但我仍怀念着巴黎咖啡馆,怀念那一段什么都没有、不知人生何去何从的时光。

烟味缭绕的咖啡馆里,曾经包容过我年少的彷徨。

巴黎和日本的咖啡馆

巴黎是势利的,它会让人讨厌自己的穷。离开巴黎时,我曾许愿,等我再次回到巴黎时,别再这么拮据。

我要搭头等舱回来。

我要走进香奈儿总店,抬起下巴来挑皮包。

我要去有米其林星星的餐厅。

我要住昂贵的、可以看见巴黎铁塔的饭店。

我要,我要……

我用不太确定的语气许愿。

然而,什么都买得起的时候,回到巴黎的我,却有一点惘然,什么都不想买了。这些年来,我记得,自己只在巴黎买过一件湛蓝色的皮大衣。而咖啡的味道似乎也变了。喝咖啡的人,对未来不再充满焦虑,咖啡的味道,也就不那么充满浓醇的渴望。

有艺术家聚集的地方,都有好多咖啡馆。

我喜欢的北海道知名小镇小樽,也有好多咖啡馆。旺季,满满的游人聚集在各色咖啡馆内,吃一口鲜奶味浓郁的蛋糕,啜一口咖啡。淡季,树叶落了,游人少了,坐在开着暖气的咖啡馆内,看着窗外的雪景,享受着煮咖啡时窜进你肺部的香气。这样的时刻,你会沉醉于冰封大地的无争与恬淡,而心境也会跟着恢复到洁白无染。

我一直喜欢在淡季旅行,淡季旅行时,容易体会的是当地人真正的生活。日本人是喝咖啡最讲究的民族。即使在经济萧条的时候,还是有实力一口气买下全世界所有的正牌蓝山咖啡。

咖啡，日文汉字写作"珈琲"，左边是玉，他们把这珍贵的饮料当成如玉般的珍藏。

在小樽，别错过北一硝子馆，那是很有北海道气氛的巨型咖啡馆，重点不在咖啡，在于气氛。古老厂房改建的咖啡馆，大白天依然暗无天日，只靠千百盏油灯的莹莹之光，让我们的视线得到些许的安全感。

如果真的想要喝到好咖啡，我常常依靠招牌寻找对味的咖啡馆。招牌代表主人的个性。门口挂着一块不起眼的小木匾、刻着"烘焙咖啡"几个字的咖啡馆，常常可以喝到主人"一生悬命"所研究出来的好咖啡。

在我喜欢的岐阜县高山市的朝市旁，曾有一家非常漂亮的咖啡馆，它已经经营了七十年，由妈妈传给儿子，妈妈九十岁了，儿子也近七十。老先生留着络腮胡，白发苍苍，长得很像想象中的商船船长。咖啡店里，全是明治时代的古董收藏。

很漂亮的咖啡店，足以消除旅人对于这个偏远城市的陌生感。

而人生确实是沧海桑田的。

过了两年，我再次到了高山市，想要造访时，找到原址，只剩下窗外茂密的爬山虎，咖啡馆早已人去楼空，变成了一家炭火烧肉店。老先生一定找不到传承的人吧，开在黄金地段的咖啡馆，只好转租出去。

这一对母子，到哪里去了呢？他们是否在更幽静的地方颐养天年？

这样的改变，实在让人扼腕。

用咖啡记忆一座城市

我常常用咖啡馆记忆一个城市。

当那个城市在回忆中渐渐失去鲜明的轮廓，咖啡馆仍然像一枚珍贵的邮票，贴在心灵的信封上。

在所有商店都被全球化品牌占据的时代，只有咖啡馆，仍然可在跨国企业的阴影下，用它的方式呼吸。

让我从地球的最南端说起。

记得那是智利最南边的小城，几乎是地球最南端的城市了。小城虽然艳阳高照，但是终年海风又急又狂，不是一个太舒适的观光景点。在陌生的城市里，我带着相机游荡，绕过小山坡，发现了一家可以看海的紫色咖啡馆。

咖啡馆里，有个高高的旗杆，写着距纽约、巴黎、伦敦多少千米。屋顶顶着一个巨大的咖啡杯。薰衣草紫让它看起来像个可口蛋糕，而仔细一看，华丽的它竟只是个铁皮屋。一间精心搭制的铁皮屋。

里头收藏着各式的旧电话、旧缝纫机。窗上缀着轻柔的雪白蕾丝窗纱，窗外不远处就是蓝得不能再蓝的天和海。

点了一杯咖啡。我在这里安静地发了两个小时的呆。唯一晃动的景致，就是眼前的一对中年恋人了。

会在咖啡馆里头花两小时聊天,女人还会媚笑,男人还会用手轻触女人的脸颊,应该不是夫妻吧。

这是我的娱乐方式。看着咖啡馆里的陌生人,想着,啊,他们之间,会有什么样的故事。就像很多人沉迷电玩般,我沉迷于我的故事,一个脱离现实的虚拟世界。

听不懂他们的语言,但享受着他们聊天时的愉悦声调。谈恋爱的人,说话的旋律都像音乐。

在陌生的城市,窥看咖啡馆里的人,渐渐的,你会觉得这个城市与你熟悉了。你用一种不打扰别人的方式,渗透进他们的秘密世界,比风还轻。离开这样的咖啡馆,都有一种永别的怅然。

怅然。因为或许这一生,都不会有机会与它重逢,那一个下午的时光,只如过去的恋人,只能回想,不能再重回怀抱,再一次体会它的温度。

曾经喝过的每一杯咖啡,在唇齿之间,荡漾着些微的苦味,为美好时光留下一段短暂的记忆。

大阪根日本料理

日本老师傅说：只要有最好的食材、最好的手艺、最好的环境，加上热情、奉献的心，没有不成功的道理。"大阪根"的谢老板以这样的信念做料理，几十年来不曾松懈。

如果你想品尝正统的怀石料理是什么样的滋味，"大阪根"绝对是个经济又地道的选择。老板谢先生是个风趣又热情的日本料理师傅，学徒出身的他，基本功可是练得扎实，所以若能吃到老板亲自制作的怀石料理，你真的是很有口福的人喔！从基隆、台北辗转到了美国发展，谢老板不但学到了日本师傅的坚持与技术，还见识了美国餐饮文化的服务精神。走过这么多地方，他念念不忘的还是这个人亲土亲的家乡。

一句无心的玩笑话，谢老板拥有了自己的第一家店。刚开始真的非常辛苦，许多日本客人根本不吃台湾师傅做的生鱼片，这让谢老板感到挫折，明明是亲自挑选的新鲜食材，自己的手艺也是受到肯定的，他们没有理由不喜欢，直到有一次他请日本客人尝尝他最自傲的生鱼片料理，因此打响了口碑，附近的日本商社，都纷纷慕名而来，希望能尝一尝谢老板的好手艺，也因为客人们的鼓励，尽管店面因故二度搬迁，谢老板还是决定让"大阪根"的根留在这里。

每天中午，只要花个两三百台币，就能吃到食材最新鲜、手法最精致的特餐，对上班族来说，绝对是超值的享受。推荐大家试试这里的怀石料理，价位从八百台币至一千五百台币不等，如此经济实惠的价格，却能吃到特制沙拉、天妇罗、生鱼片、海胆、鱼翅等料理，不但种类丰富，鲜甜的口感，保证让你一吃就上瘾。餐后还贴心地准备了咖啡，人在台北，也能尝到这么地道的怀石料理，相信用"满足"都不足以形容到"大阪根"饱餐一顿的心情。

谢老板用爱心做的怀石料理，贪恋美食的人一定要来尝鲜一下！不过爱家的老板坚持礼拜天公休，可别扑了空。

巷子意大利面铺

　　口味影响一家店的风格，只要食材正统，多点创新又何妨，凭着这样的理想，老板娘徐小姐对意大利有了新的诠释。

　　走进"巷子意大利面铺"，就像是回到自己家里一般的闲适自在，喜欢烹饪的老板娘，一直想拥有一个属于自己的温馨小店，就在娘家附近发现了这个店面，只因一句："如果这里是我的店该有多好！"贴心的先生便悄悄地帮她顶下了这个圆梦的天地，从一开始只有几道菜的Menu，到现在光是面点就有十多样，就连咖啡和烤布丁也成了老主顾们戒不掉的餐后小点。

　　这里的意大利面，用的全是最地道的意式美食食材，但经过老板娘的巧手，给了意大利面充满创意的新口感，以中西融合的概念，设计出一道道适合台湾人口味的意大利面点。我最喜欢这里的龙虾拌拌面，老板娘以和风作法来烹调意大利面，面条Q软，酱料特别，鲜美的小龙虾，让人齿颊留香。除了料理好吃，最令人想不到的是，这一道道精致的可口面点，其实价格都相当经济喔！

这里，除了能尝到美食，如同家人般的温馨感受，其实更是客人舍不得离开的原因。服务生们都相当资深，关于意大利面，他们最懂，绝对能给你最中肯的推荐，并且能贴心地记住你喜欢的口味，像是餐后服务生一定送上一杯拿铁，这样的用心尤其让人感动。

每次到了用餐时间，总是一位难求，问老板娘想不想换个大一点儿的地方，让更多人吃到她的好手艺，她舍不得地说：客人都习惯这里了，怎么能换呢？有时候夫妻俩多休一两天假，都觉得对不起客人。

想吃口味特别的意大利面，就到巷子吧。

学习可以减压,而且可以建立"正向"的人脉,甚至可能成为你真正的专长,有什么事比它划算?
唯一要调整的只是你的心态:
别把学习视为苦差事,如此而已。
你选择的"娱乐方式",常在不知不觉间决定你的未来。

Part 5 拾光
用足够的时间享受生活

只因那些值得珍藏的小小记忆,都可遇而不可求,而游荡的我,抱着什么都不想要拥有的心情,很容易满足,所以,最富有。

在浪漫的时光中

有时地方，不是故乡，但它的滋味，竟然在不知不觉中比故乡绵长。

有时，我会不经意地说出："啊，我好久没有回巴黎了。""今年我还是想回印度过年。""是啊，我要回巴厘岛去……"提起这几个地方，我总不知不觉说了个"回"字。虽然不是出生地，也未曾在那儿度过堪称漫长的岁月，可是却有一种相偎相依的熟悉。或许在潜意识里，我已认定，它们是我的灵魂故乡。我的灵魂都曾在那些地方转变，或者成长，或者满足一些安歇的渴望。

就像候鸟，不会忘记曾经数度栖息的那些丰厚沼泽一样。我忘不了那些浪漫时光，或者，浪荡时光。

感激那些生命中的美景

多么感激这个世界，有那么多不一样的样子，丰富到任何人花一辈子的时间也游逛不完，所以，身为一个热爱旅行的人，总可以因为下一个目的地而眼睛发亮。

很多人想去的，必有道理，很多人没去过的，也必有奇妙之处。

……

在我常常想"回"去的地方中，唯一对不起的是巴黎。我到巴黎的时间，还比到印度和巴厘岛早得多。其实，法国还是我目前待得最久的异乡，足足有一年的光景，我在这个说着轻柔语言的国家度过。屡屡在描写生命中的浪漫时光，我有意无意地回避巴黎。

也许只有一个理由。那年只有二十五岁，太年轻太穷太彷徨太不会面对问题。我到法国去，不是去享受浪漫的，只是去逃避。海明威曾经写过，他在巴黎时"像只瞎眼的猪在灌木林中乱闯"，我比他糟得多，顶多像只瞎眼苍蝇罢了，自觉一直被人生的苍蝇拍迎头拍打，嘴歪眼斜，乱撞乱飞。

穷到不敢住在花都巴黎，只得在法国乡下窝居，一边写不太卖得出去的小说维持每月生活开销，寒冬时也舍不得开暖气，手冷脚冻，夏日时得踮脚走路,免得踩到路上处处狗屎,当时实在谈不上浪漫。

不过,时光确是魔术师。

当时心情绝不浪漫,如今想来却是最浪漫的。

因为年轻,因为一无所有,所以充满希望。

浪漫时光中的顿悟

从巴黎回台湾,不是顿悟,是终于觉悟。

知道自己"不做选择也是一种选择",不如在一切无所适从的彷徨中,面对自己的窘境,所以我回来,找到工作,整顿生活,重新开始。在我变成一个不太自由的"完全自由工作者"之前,我当了好些年的旅游记者,很幸运的免费游历过好多地方,辞工之后,仍然未能忘情,几个月没搭飞机走走,就觉得全身不对劲,心灵质量濒临破产,灵感也被无故倒会的时候,我总会理直气壮地这么想,"一定是没有去旅行的缘故",于是,我又走过许多地方。

有些地方始终没有写出来,虽然我极喜欢,像威尼斯、爱丁堡和蔚蓝海岸,总觉得还缺少什么感触,还需一些时间好好玩赏。

当然,在我的旅行地图里,也有更多地方还未拜访,我想到中非,也想到南极,对于陌生之地,我都十分仰慕。我向来最崇拜的也是《国家地理杂志》那一类出生入死的记者。

对于旅行，这些年来，我用情甚深，直教人生死相许，想"执子之手，与子偕老"地一直玩下去，所以不肯马虎。

常看见坊间有人出旅游书，只花十天半个月时间，或者只跟一次旅行团，再援引些历史典故、细流水账，再用傻瓜相机拍些沿途所见，就可以洋洋洒洒地写出了厚厚一本游记——这种轻松"气魄"，我是办不到的。

如果还有梦，请抓紧

细数这十多年的旅行生涯，我只写了《跟我到天涯海角》和《在浪漫的时光中》。

写的都是旅行中的享受，或震撼或快乐，或遗憾或感伤。都是低吟浅唱，没有长篇大论，也并不引经据典。

许多城市都有渊博历史，历史中难免有血腥征战。一旦将古往今来写入旅行文章，总会让人仿佛听到"立正站好"的军乐声，若写完我并未参与的历史，再来提现代享受，总有那么一点诡异感觉。

它也不是旅游导览书，这世上旅游导览书已经很详尽，网络上尽可搜寻，不须让我这个有点路痴的旅行者多费唇舌。

我写的是我的经历，真实的经历，曾经被我的眼耳口鼻舌、毛孔肌肤，还有我的心灵接触过的旅行，记载的是一些"小确幸"（村上春树自创的词，意谓生活中小小的确定的幸福）……

以对生命的热爱来旅行，以对幸福的向往来旅行，以喜怒哀乐都将成过往的态度来旅行，以"再不好好闯天涯，人很快就会老了"的心情，来"抓紧"旅行。

如果你还有梦。

学陶学生活

我自小就是个手脚不太勤快的小孩：工艺课总是好不容易才及格、向往长大后能够好逸恶劳地过日子，从未曾想过，有一天，我会戴起我的猪鼻子口罩，穿着宽大的工作服，站在蚊蝇飞舞的陶艺工作室后院，忍耐着轰隆轰隆的马达声，聚精会神地为素烧好的胚上釉。

"看看你这样子，"我常对自己说："世事难料，可不是吗？"

学陶艺并不在我的"生涯规划"之内。

事实上，我根本没有任何生涯规划，连当专业作家都不在我的生涯规划之内。一路行来，都是为了爱误打误撞。

误打误撞，却不等于糊里糊涂。我只做我喜欢的事情、好玩的事情。

除了写作，是我自小的嗜好之外，决定开始玩一件新鲜事，通常只因一时兴起。

每一年，我送自己一件新鲜事当礼物：成年之后，我学过钢琴，我学过弗朗明哥舞、学过阿拉伯肚皮舞；上过表演班、台语声韵学的课，也努力念过法文、日文——以上都因故半途而废或觉得玩够了而停止。目前正在持续的，是潜水、瑜伽，还有陶艺。

半途而废对我而言是家常便饭。没有兴趣了，就不玩了，没什么好难为情，至少我给过自己一次机会。

想到就去仿，仿不好再说

学陶是一时兴起，在此之前，我连尝试拉胚都没试过。某一天，我遇到苦苓的太太苏玉珍小姐，知道她曾经做过陶，我心血来潮请她代为推荐几位老师。她给我一张名单，我选了陶艺家杨作中老师的课。其实我对陶艺一无所知，当了杨老师的学生，说来真是一种缘分——因为他的工作室离我家最近，就在我家附近的山坡上。

我选错了课。那是一个为专业陶艺工作者开设的成型班。从法国学成归国的杨老师很健谈，话匣子一开，足足可以讲三个小时。一开始我根本听不懂老师在说什么，只好装懂；当然，杨老师知道我的陶艺智商等于零时，也十分讶异，你干嘛来这里？

无论如何，我还是很乖巧地上完半年的课，并且结识了许多在莺歌学陶的"同学"，以及任教于成功高中的黄玉英老师，她已经是一位陶艺奖的常胜军。我的基础课程其实都是同学断断续续教的，他们对我多半很有耐心，而我对他们的拉胚功夫也心存敬畏。我永远无法忘记，我问其中一位莺歌师傅"你拉胚拉了多少年"时，他气定神闲地回答我："我从五岁就开始拉了。"

上完了半年的课，也许是因我不够长进，每一件作品都还是土胚，连烧窑和釉药的常识都没有。总觉得自己没有勇气说自己真的上过陶艺课。

临别的时候，我对黄玉英说，我想找个地方做陶艺工作室。她说，她也想弄个工作室来教学生，不如我们来合作好了。我心想，如此一来，老师是免费的，马上点头，黄玉英也当了真，在闹区静巷中找到一间房子，于是，她教她的学生，我做自己的陶，一路做陶做到现在。

有了工作室之后，我才知道，原来做陶艺要有那么多设备，学问如此繁复。其实，我只想烧出几个碗盘，做了半天只是土胚，没地方烧，想来很不甘心。

我会为了喝牛奶，而养一头牛，尚且不止，我还开了一个牧场！

做陶对我来说是一种犒赏。虽然没有什么远程目标，玩泥土时倒是真心欢喜。就像写作一样，我对于一个人可以独自创造、只要明白一些原则即可自由上路的工作都很专注。工作的空档,我多半在工作室做我的咖啡杯和碗碟,无疑的那是一种减压的方式。陶艺让我减缓了过度快速的生活脚步,也使我明白,不管你花了多少心血与时间,任何挫败都必须微笑接受。

怎么说呢?我发现一个陶艺作品,在制作的任何过程中,都可能功亏一篑。土胚可能一失手就摔成碎片,土里有了气泡就变成一个小炸弹,盘子烧好后忽然歪掉了,上釉有失误效果失之千里,调釉药时只要一个小小的失误就出现你不想要的颜色,有时并非人为疏失,电窑的温度烧不上去,里头看来好像是被一群捣蛋学生搞得乱七八糟的化学实验室。

我比较不会因为"明明我没有错,为什么还是没做好"而沮丧,人生嘛,岂能处处得意?

打开另一扇生活的窗

不过,黄玉英说,我能想得开,对失败立即释然,是因我根本不靠陶艺吃饭。

观察黄玉英做陶的生活,也是很有趣的一件事,虽然我从没把感想告诉她。她的血液里可能已经流动着相当成分的陶土,即使有时心灰意冷一副沮丧,不多久总是又兴致勃勃地捏起土来,那种想逃却无处可逃的认命,就是所有"天生要做这行"的人的特质。

一个音乐家也可能会有好几天的时间觉得音符很恶心，一个作者也可能在某一段时日不想看到字，然而都逃不出宿命般的魔掌。正如我，写过那么多字，有时会恍惚觉得，真正的生活被磨成单薄的影子，但却不愿真正逃出禁恋般的日子。

我很庆幸自己只需一支笔及一张嘴即可谋生，没靠陶艺吃饭，因为它是所有艺术工作中，最需要复杂设备、最容易失手也最吃力的一个工作。我深知陶艺家的投资与报酬率成反比。然而每一次烧窑时，看专业的陶艺工作者辛苦排窑，总有说不出的感动。

我很景仰那种"一往情深做牛做马不计代价，除了这行我什么也不做"的艺术家，他们也许一直要忍耐两袖清风，却都乐观开朗，毕竟赚得无怨无尤的人生。

他们的眼睛里燃烧着高温的神秘火焰。

这几年来，我的写作、主持和广播之路，包括感情路都走得顺利许多，做陶有点"自找麻烦"，算是一种情绪上的修炼，仿佛在提醒我，当思来时路之不易，别在顺境中不知好歹。

它也使我在旅游时多了许多乐趣，博物馆里的一两件名品，可以让我凝视许久，一间小小的名艺品店，也能让我流连忘返，满脑袋里想的都是：这是什么釉药？怎么成形？哪一种土？或许我也可试一试？

生活的乐趣俯拾即是。陶艺为我打开了另一扇生活的窗，看到不同的生活样貌。做陶还有一种很现实的乐趣,就是和陶艺工作室的伙伴们,拿自己做的碗盘当餐具开起伙来,米饭 Q 菜根香,特别有滋味,这可不是不做陶的人可以吃得出来的滋味!

选一块自己喜欢的入门砖

有一年的时间，我每个月都要在北京待上四天录制电视节目。虽然我很早就会看简体字，但是如果让我选书，我当然会选繁体字看——以速度来说，我读繁体字可以一目数行，而简体字还需字字阅读，速度缓慢很多。后来，我决定给自己一个任务：考查北京日渐蓬勃的杂志市场，只要到了北京，我就把书报摊上我觉得有趣的时尚、装潢、设计、财经等杂志都买回来，当成工作外的娱乐。

自然而然的，不到半年，我发现我看简体字的速度突飞猛进，目前并不会比看繁体字慢很多。

没有任何事是困难的，只要你喜欢，而且愿意日日接近它。那一个刁钻的密码,会在不知不觉间被改变。

接近,要从自己有兴趣的地方开始,入门砖千万不要太高,否则只会让自己绊倒。我们心里有一个小孩,也有一个老师,老师必须对小孩循循善诱,他才能往前走。

这让我想起自己在学习外语上的经验。

你一定也会承认,所有外国语的基本教材都是很无聊的,都从"你好吗""我很好""请问车站往哪里走"等句子教起。

稍稍复杂一点的句子,即使你背得再熟,考完试后若没有用到的机会,你就忘掉了。

读无聊的课文时,想要专注心力是很困难的,很多人在还没有入门前,就被无聊单调的应用句型打败。

不少学英文学得很好的人,常是从西洋歌曲入手的。想要把歌词的意思搞懂,或把歌唱好,都是他们学习的动力。他们的入门砖,变成了一个美味的萝卜,让他们乐此不疲地往前跑。

对我来说,吸引力比较大的是故事。

我爸爸退休前是教英文的教授,他是专门教英文语法的。

从英文语法来学英文,显然英文世界充满了一些规则与公式,就算我想要当个孝顺的女儿,想让爸爸觉得虎父无犬女——我的英文还是没办法从语法来入门。

简短英文童话故事和小说给我的英文一线曙光——任何书都是这样的：当你想要看"下一页"时，"这一页"的障碍就比较容易被克服。

生字是阅读英文的绊脚石，如果你一开始就逐字查字典，恐怕不多久就会被麻烦打败，童话和小说里头的生字通常不会只出现一次，多看几页，你很容易猜出它的意思。

请找自己最感兴趣的东西开始入门，别跟自己过不去。

滴水可以穿石，是古老格言，也是真理，在人生中，多试几次总会成功。除了谈恋爱和买乐透彩票不适用之外，在培养个人的能力上，你付出的时间与心力都和你的成就成正比。

你选择的娱乐方式决定你的未来

"你这么忙,还有时间来画油画?"

"你这么忙,怎么还有时间去进修?"

为什么?我的答案与我对压力的看法有关。

压力会带来焦躁、不安甚至失控的行为。每个人害怕的压力源都不一样。

很显然的,我比较不害怕困难工作所带来的压力,我比较恐惧的是人际之间的压力。一大群人坐在下午茶餐厅里无所事事地闲磨牙、聊八卦的情况,常让我觉得自己像只无头苍蝇,最后的收获只有口干舌燥而已。

调解别人纷争、听别人投诉或抱怨更非我的专长,会让我感到压力大增，非要做这件事时，我常像一支被雷打到的避雷针，在暴风雨过后还会因余电未消而颤抖。念完法律系之后，我没有选择律师或法官当成自己的事业，是我对司法界最大的贡献，也是一个很有自知之明的睿智抉择。

人人需要有建设性的压力

我喜欢学习。学习是有趣、有成就感的事情，任何你感兴趣的学习，在通过了入门考验之后，就会进入一个"自我陶醉"的阶段。

自我陶醉，如同进入另一个世界，我会自然而然地忘却工作中不得不面对的烦恼。

或许学习也会带来不同的压力，但是，对我来说，它上紧的那根发条和我工作时必须上紧的那根，显然不一样。

有些工作瓶颈或心情上的痛苦，并不是我们有能力或有时间立即解决的，与其在那里钻牛角尖（我其实是个很爱钻牛角尖的人，像迷宫里的老鼠一样，如果没有找到另一股力量把自己拉出来，恐怕会耗费很多时间在同一条死巷里钻来钻去）。

我把"学习"设定成"娱乐频道"。当然啦，有时候我也会感觉自己"搬石头砸自己的脚"，比如在面对"管理经济学"等考试，或偶尔时间行程排得比较紧凑的时候。

但我从来不曾因为把"学习"排进人生行程表而后悔。它们是有建设性的压力，会让你得到另一种精神上的补偿。

一般人常用的减压方式，有下列几种：

一、山洪暴发法

工作或人生有压力时，最怕的是，你选择的"娱乐频道"会为你带来更大的压力。比如，从前我看到一位主管，平时有说有笑，但当压力太大时，他就会在众人完全无预期的状况下，变成一头发疯的狮子。

我亲眼看过他把杯子扔向他的一位下属，只因下属在报告里写了一个错字。

他平时的解压方式是打麻将，但很明显的，打麻将完全无助于解压。有一次，我在同事家又看到他的奇异举动：他工作不顺利，打麻将手气又不佳，碰巧有人不太长眼，在自摸之后还小小地刻薄了一下其他三家，他心情大为不爽，瞬间掀翻了桌子，我差一点被飞过来的烟灰缸砸到。

二、醉生梦死法

你用疯狂购物、无节制地打牌、依赖药物、酗酒、狂欢来逃避压力，通常都是暂时的，只会增加某一部分的压力，麻痹一阵子之后，身心健康都受到影响，心灵仍然空虚，人生更加无趣。

三、全盘改变法

有些人，则擅长用"激烈改变人生"解压。压力大时，就会想来个"大动作"：辞职，换个工作，甚至与恋人分手。

因为他们擅长"归罪",不擅长解决。只要一有不顺,都觉得"一定是XX害的才会这样,只要离开他(或它)就会好了"。完全不肯面对问题的结果是:换来换去,在工作上失去累积经验的能力;当这种人的伴侣,更是何其无辜。

让学习变成一种减压行为

学习,只要抱着学不会也好歹长一点知识的心态,就是很好的减压方式。它会让你的心灵得到安慰和获得成就感。

多年前我就告诉自己:人生是很有限的。为了让自己体会不一样的乐趣,我每一两年都会安排自己学新的东西,比如陶艺、摄影、弗朗明哥舞、表演课、游泳或潜水……虽然我都没有成"家",跟专业人士比起来,我懂的就算不是皮毛,也只能算是刚进入"真皮层"吧,但是它们都曾经让我一时狂热,也都能够让我的人生多了不一样的成就感,也意外带给我不少的写作灵感,增加了许多题材。

甚至,连我现在的工作——主持,在十年前,也不过被我当成一个"上补习班"的娱乐频道而已。当时有人找完全没经验的我涉足这一行,很多朋友曾经告诉我"不要自毁作家形象",或很诚恳地给我"你其实并不适合这一行"的建议。我也曾经因为自己表现得很生涩,想要逃离,但后来,我也改变了自己的密码:我把它当成一个"有人给我钱又可以补习"的课程,鼓励自己尝试挑战,不知不觉中,它竟然变成了我的主要工作之一。

学习，只要尽量按时前去。

我在学习的另外收获是：交到了许许多多志同道合的朋友。

愿意学习的人，都有愿意迎向阳光的特质，也都很愿意在他们的专业上提供协助。

学习可以减压，而且可以建立"正向"的人脉，甚至可能成为你真正的专长，有什么事比它划算？唯一要调整的只是你的心态：别把学习视为苦差事，如此而已。

你选择的"娱乐方式"，常在不知不觉间决定你的未来。

忙碌也是享受人生

下面哪一个描述适合你?

一是,虽然有时我渴望休息一下,但是我其实很喜欢工作,喜欢新的挑战,我没事也会自己找事做。

二是,我只想做我擅长而且熟悉的工作,不喜欢太多挑战,一直希望能够平平凡凡地生活,日子只要不无聊就可以了。

三是,我不知道自己喜欢什么样的生活,我只是觉得日子压得我喘不过气来,很渴望好好休息,可是休息时我不喜欢一个人行动。

四是,我想要按照自己的喜好作息,我一个人也不愁没事做,可以悠哉悠哉过一整天。

解答如下：

选一的是挑战型，总是期待着刺激。

选二的是安稳型，他们是维持社会安定的中流砥柱。

选三的是矛盾型，他们很怕程式化的生活，却又不想主控自己的未来。

选四的是逍遥型，他们不喜欢自己的生活被别人主宰，可能变成艺术家，也可能变成流浪汉。

很多人在讲"慢活"，慢条斯理、细细品味生活，不过，把节奏变慢，不要追逐外在名利——这是很好的生活主张，但并不适合每一个人。

叫挑战型的人讲究生活，慢慢地活，他会很痛苦；他对追求成就感天生就有兴趣，他要快快地活、惊天动地地活才会快活。

安稳型、矛盾型和逍遥型的人可以"慢活"，他们不喜欢快节奏的日子。安稳型的人较具有自律性格；但矛盾型的人可能因为活得太没压力，反而自寻烦恼；而逍遥型的人可能因为太没压力，变得懒散。

为自己量身定做时间管理

一样米养多种人。有些人确实会从追逐中得到快乐，永远都想要突破现状。以香港首富李嘉诚来说吧，他七十岁生日那天，有宾客问他："你平生最大愿望到底是什么？"李嘉诚当时这么说："开一间小饭店，忙碌一整天，到晚上打烊后，与老婆躲在被窝里数钱！"

宾客大笑。

在李嘉诚心里，忙着数钱是快乐的，这种人千万别要他隐居或享清福，他已经是个巨富，却一点退休的意思也没有，只想往前冲。

挑战型的还有美国著名华裔刑事鉴定专家李昌钰。李昌钰的时间管理技巧，是马不停蹄地忙忙忙：他每天工作十六个小时以上，每周工作七天；从来没有正式度过假，即使度假也是和工作结合在一起，搭飞机仍然分分秒秒盯着一大堆文件数据聚精会神地看着。

他经常告诉学生，不要一心二用，但一脑要三用。李昌钰说自己没有什么奢侈的嗜好，直到几年前才开始打高尔夫球，但打球时脑袋也没停着，因为他认为在球场上能很好地思考问题。最好笑的是，连打高尔夫，他都很忙，不知不觉会动起他的侦探脑袋，判断哪边的草丛里藏着未被发现的球。他说："我每次都能捡一包球回来，所以我的球越打越多，现在都有好几千个了。"（看来他打球的乐趣在捡球。）

要他享受清闲，什么都不做，一切慢慢来，等于要他活受罪。

李昌钰的时间管理方法，应该会受到挑战型朋友的崇拜吧。他说："世界上最平等的是，每个人都有二十四小时，一年只有八千七百三十多个小时。一个人平均一年睡掉三千两百个小时，吃饭吃了一千两百个小时。"他觉得这样过日子是很可惜的。别人一天工作八小时，他一天工作十六小时，他有别人两倍的时间工作，所以能把时间分成若干份：

"我八分之一的时间教书：在法学院、医学院、研究院都教书；八分之一的时间鉴识案件；八分之一做研究；八分之一的时间是帮助别的州或国家办案；八分之一的时间是到世界各地讲学；八分之一的时间是写文章；八分之一……"

他还说过，有人说他不会享受人生，他认为，从写书、破案、显微镜下他也享受到了人生。"享受人生并不一定是躺在海滩上晒太阳，晒太阳你会患上癌症！"

如果强迫一个能力不足、心脏不够强、不爱挑战的人过这种生活，恐怕早就精神分裂了吧。但他乐在其中。

你要成为什么样的人决定你如何管理时间

钟鼎山林，人人各有其志。如果你想要找一个"时间管理"的偶像，你不能只是羡慕他，必须要思考，自己是否想成为跟他一样的人，并且是否能享受和他一样节奏的生活？

我也认识一位画家朋友，一年才画一幅画，熬一锅鸡汤可以在炉边守两个小时；为了有香料入菜，自己种迷迭香和薄荷，等它们慢慢长大；所有的食材，她都不肯贪方便在住家附近买，常常花几个钟头开车到原产地区买；若有幸在她家吃一道简单的意大利面，也往往要苦等两个小时。千万别催她，她不会做；慢慢来，她怡然自得。

她从来没上过班，也不认为自己有必要接受什么社会洗礼（当然，这也要感谢她的好父母愿意体恤），她过得很快乐，也自觉幸运且幸福！

这样的人当然不会想要过忙碌日子，也不乐于在被窝里数钱！她只要顺着自然节奏过活即可，千万不要逼她将"功利社会"的时间管理硬套在生活里。

每个人需要的时间管理还真不一样。

一边工作一边玩

　　人是不能没有闲暇的。有时我会故意让自己在工作之余,也享受到一点娱乐,比如,到彰化演讲,我会顺道拜访一下田尾的花田;到台中工作,顺便到我想去的法国餐厅用餐;到台北东区主持记者会,顺便到附近百货公司赶一下大折扣;到苗栗,顺便欣赏一下木雕博物馆;有一次到澳洲演讲,我还"顺便"体验了第一次的海底潜水,因为太着迷了,回台湾之后我还考了潜水证呢。

　　工作完了,犒赏自己一下,去一个没去过的地方,如此一来,我那小小的贪念就被满足了。

　　每个人内心深处都很喜欢"可以工作又能玩"的感觉吧。

这个时间管理方法，我将它叫做"再忙也要喝杯热茶"，让自己的心不要绷得太紧。

只要你不是那种会忘记孰轻孰重的人，你就有能力模糊工作与娱乐的界线。有位白手起家的企业家曾说过一句话："现在的年轻人，就是太把工作当工作，娱乐当娱乐，太会用二分法了，所以才会觉得上班是苦差事。"

我不是教你摸鱼，只是教你：给自己一点小空间，改变一下心情，你才能够为你那有趣的工作更卖力！

各位，就算是那些天才科学家，也都是在休闲时发现改变人类世界的伟大定律的！想想，牛顿在哪里发现万有引力定律？阿基米德在哪里悟出浮力原理？

苹果树下，澡盆里！可都不是在实验室啊。

游荡的人最富有

"我其实很羡慕那些流浪汉。"

那天到淡水骑车,看到三个流浪汉,舒舒服服地躺平在椅子上晒太阳。那个角落真的很不错,垂下来的藤蔓植物铺成一面绿色软墙,秋天的阳光,像四散的金币一样大方地洒落在他们身上。

听到我这么说,朋友有感而发:"你知道吗?我心里也有这种渴望。前几年,在事业遇到瓶颈时,我常常一个人在外头踱步,公司对面也有个小公园,里头住着一个还算年轻的流浪汉。看到他,我都觉得他比我过得快乐。自由自在,无拘无束。"

我不知道流浪汉心里到底快不快乐。我只知道,一般人常一厢情愿的以为他们需要一个栖身之所，不过，根据美国人的调查，多数流浪汉们讨厌游民之家，也有某些理由并不喜欢回家。我常注意流浪的人身上的家当，除了一袋看来像是衣物的东西之外，大部分都是别人不要的塑胶袋和保特瓶。捡到一个空的保特瓶，他们应该都会有十分愉快的感觉，满街散落的垃圾可能都是他们的珍宝。

人的需求如果不多，就会容易快乐。

很多人曾经羡慕流浪汉，包括美国房地产大亨川普。他讲过一个笑话，当年他负债十亿美元时，曾对他的妻子说："今天我在路上看到一个流浪汉，手里拿的杯子是空的，但我很羡慕他，因为，我知道他比我富有——至少他比我多了十亿元……"

流浪可能是诗意的。《红楼梦》里写贾宝玉，穿着他的大红斗篷向他的父亲拜别谢恩后，和一僧一道再次消逸无踪，遗忘了娇妻美妾，谁也找不到他，我想，他应该也是当流浪汉去了。

"行云流水一孤僧"，在文学里向来给人最美的漂泊印象。

我没有勇气当流浪汉，只能去游荡。

游荡是一种习惯

游荡已经成了我的习惯。心情好时去逛逛，心情不好时也是最好的舒压方法。

只要有四天假期，我常会选一个目的地，若没有朋友可以同行，我就一个人去游荡，身上只带着简单衣物用品和我的手提电脑。

我是一个天生擅长钻牛角尖的人，有时会像一只迷宫老鼠一样，一直撞着同一道门，直到自己头破血流为止。

把自己拉出来，为自己换一个地方生活，有时可以跳脱原来的困境。

任何一个可以骑脚踏车的城市，都是可爱的，就算万籁俱寂，也不会让我感觉无聊。

京都是我最喜欢游荡的城市之一。它既现代又古典，既繁华又优雅。

我会为自己租一间有大浴场和榻榻米的旅馆，租一部脚踏车，带着我的笔记本电脑。骑累了，就找一个咖啡厅写写稿子。

咖啡厅对作者而言是个有趣的地方。里头有打扮得像在玩角色扮演游戏的日本妹妹，有愁眉苦脸的上班族，有忙着传简讯的单身女子，有借地方打盹的游人。

各色行人都让我有奇妙的想像：如果那个人是我，那么，我会有什么样的故事？

为什么这一刻，我会在这个咖啡厅里？

也许，我也会不经意地遇到一个人，只因一个悄悄浮在脸上的微笑，看似平淡无奇的相遇，两个人的人生，就像两颗彗星，因为小小的撞击而变化了轨道，滑向一个自己也想不到的地方。

我们人生中所有精彩的故事，都是因为偶遇而发生的。许多事情在发生的当时，我们都没办法意识到它的意义。

人是一个城市里最迷人的风景。每个人的背后，都可能有无穷无尽的连环故事。

跟一个日本朋友聊天，他发现我几乎没有"行程规划"，把嘴巴张成了圆形。

真的吗？他是学工程的，每一次旅行都要经过详细规划，至少要跟JR买旅游券。几点几分搭车、几分到饭店，完全按表操课。

"要不然，我没有安全感。"这个大男人说。

在日本这样的国家还没有安全感的话，到其他地方应该会更惶恐吧。

人们多半害怕着未知，却又常厌烦着已知。

享受小小的未知

游荡是为了等待小小的未知，享受小小的未知。

那是有一点安全感的未知。我在汲汲营营的生活中最好的解药。

有时，我的游荡范围扩大了一点。某一年冬天，我买了一张几乎绕了半个地球的机票，从台北飞到德国，绕过了捷克、法国，再到北非，然后飞到意大利，从威尼斯一路玩到罗马，再飞回来。在二十天里头，走过了好些陌生的城市。

有时我只是利用三天的时间拜访一个城市。选定一个游荡的地方之后，我顶多从网络上订饭店。

游荡是没有目的的。在一个城市,假装自己是新移民,到处晃晃,什么都是新鲜的。

在大部分的城市里,我几乎是个文盲。文盲只求有饭吃,有衣穿。

我不买任何会增加行囊的东西,如果浏览橱窗让我迷惘,那么,我会换一袭新的衣装。

吃一顿好饭、喝一点好酒。如果只有我一个人,我就回到饭店里洗个澡,默默写作。

有时会打开电视,听着我根本听不懂的语言,不太专心地看着。

享受当一个异乡人的生活。想像自己还很年轻,到大都市里谋生,住在一个狭窄的小阁楼里,安分地明白,一个人生存,要有许多努力、好多忍耐。

有时好像幽幽地回到了一个人在台北谋生的青涩年代。

什么都没有,但有仿佛用不尽的青春、杀不完的时间,还有人生的无限可能,还多么想在这个宇宙里找到一个人,跟他分享自己的寂寞。

人生第一次柏青哥

游荡的时候,曾经碰过很多人。奇怪的人,有趣的人,莫名其妙的人。

我曾经遇过一个日本女孩,她教我打人生第一次的柏青哥。

在北海道的一个小城,某个微凉秋夜——一个晚上七点之后,除了麦当劳就全部打烊的城市。

路过柏青哥店,里头的热闹气氛让我伫足,在门口看着"冬季恋歌"机台的广告发了一晌呆。

"嗯?"一个面目清秀,微醺的日本女孩推开门走了进去,又转过头来问我:"要一起进去吗?"

我说我是外国人。她笑了,嘴里咕噜咕噜地说了一大堆。意思是,那我教你吧。脸上的热情像阳光一样,让人难以推却她的好意。

刚进来店里时,我像一个手足无措的银行抢犯,不知道该从哪里下手。就这样,比手画脚的,我开始坐在她旁边玩起柏青哥来。

"嗯,你只要把珠子打到这两根柱子中间,喏,它就会掉在你想要的地方。"她很认真地教导。

那一个晚上,我专注地看着银色的珠子像雨点一样地落下来。那一台"冬季恋歌"的机台也很争气,里头不时出现裴勇俊的画面(我观察了好多次之后,才发现在对奖的时候,如果出现裴勇俊的画面,嘿,那就是中奖了)。

我的千元日币换了小半盒珠子。经过一个半小时之后,已经是累累的四大盒。女孩不断竖起大拇指。

"帮我一下,我上洗手间。"

我想,职业赌徒是个很难的工作,必须失去自由、必须长时间固定着某种动作、必须聚精会神,忍耐饥渴,连上洗手间都有罪恶感。

走过柜台的时候,看着那些琳琅满目的奖品,我皱了皱眉头:惨了,我是一个旅人，而这么多珠子，如果换成陈列柜里的洗衣精和猫罐头，恐怕有五个行李箱，该怎么办？

我告诉日本妹妹：都给她好吗？我的日语不好，她听不懂我的意思。鸡同鸭讲了半天，我决定自己再努力地打下去——再一个小时，应该可以把它打完吧？

饿着肚子，我又工作了一个小时。日本妹妹的指导发挥极佳效果：裴勇俊还是不时就跟出来微笑，我的面前已有满满的七盒珠子。

我仍然目不转睛地看着珠子与柱子。不知什么时候，日本妹妹已经不见了。

最后解危的是店员。他很客气地说，要关店了。

小城的柏青哥店，十点打烊。

糟了，那要换什么呢？到底可以换到什么呢？怎么把奖品带走呢？

我硬着头皮走到了柜台。他清算了那些珠子，发给我几张不同颜色的卡片。

然后呢？

看我站在陈列台前发呆，急着下班的店员，带我到厕所旁的小窗，拿走我的卡片，然后给我几张钞票。竟然有两万六千多日元！

那个晚上，我回到饭店里，做梦都在笑。天哪，我从来没赢过那么多钱！是的，它不算很多钱，可是那个晚上，我竟然有中了乐透彩第一大奖的感觉！

套一句俗话说：简直像梦一般。有时我会怀疑，我真的曾经那么幸运过吗？

每次想到那个日本女孩和柏青哥店，我的脸上都忍不住泛着微笑。

这一次赌博回忆应该列入我最美好的回忆之一。

只因那些值得珍藏的小小记忆，都可遇而不可求，而游荡的我，抱着什么都不想要拥有的心情，很容易满足，所以，最富有。

陪伴

阿兰回越南两个月,在故乡的祖母,暂时住进一家安养院。

祖母九十三岁了,在阿兰返乡前夕,忽然一时失神跌倒在浴室,医生诊断并无大碍,爸妈年纪也大了,担心无法日夜看护善尽照料之责,只好委托安养中心。

她住进安养院的第二晚,我结束了录影工作之后,直驱宜兰,祖母躺在床上,似睡非睡,看我来了,抓紧我的手,放在胸前,才放心地闭上眼睛休息。不一会儿,她忽然睁开眼睛,用一种孩童的表情看着我,小声说:"我告诉你哦,我藏了阿兰的一样东西。"

"为什么要藏她的东西?"

祖母神秘地说:"以前……有一个故事是这样……要把那个人的东西藏起来,他才不会不回来……"

我想,祖母记得的应该是"七仙女"的故事,董永藏起了七仙女的衣服,七仙女才没法跟着她的姐妹上仙界,只好留在凡尘。

不免让人鼻酸。阿兰离乡背井到台湾陪伴祖母好些年了,和祖母的关系,恐怕比我们这些必须离乡背井的孙辈还亲。阿兰到台湾的时候,祖母瘦到只剩下三十七公斤,在她悉心加上苦口婆心的照料下,祖母这几十年来一直维持在五十公斤左右的丰腴。她的确比我们这些只能让祖母"有面子"的子孙有用。"那么你藏了她什么东西?"我问。

"啊,"祖母咧嘴而笑,"我想想……我也忘了……"

我拍拍她的手:"没关系。"

她用右手把我的手抓得更紧些,放在心脏的位置,左手则抓住一个看似儿童玩具的摇铃。摇铃上系着一根绳子,另一端缚在墙上。

那是什么呢?

我正疑惑时,隔壁病床的太太探过头来补充说明:"那是半夜叫护士来的摇铃,你阿嬷太客气了,第一晚,半夜想上厕所,自己起不来,又不好意思大声叫人,躺在床上睁着眼睛,扭来扭去的,我发现了,才帮她叫人帮忙——"

抓紧摇铃,是因为她在陌生环境里缺乏安全感的缘故。

幸福的老化

祖母从小带我长大。我出生时她不到五十岁，身材纤细合度的她十分聪颖、十分能干，也十分宠我，从没让我做过粗活，也使我变成了一个四体不勤、家事不精的女子，一直到我大学毕业，她都还比我高些壮些，也比我有力气得多，五十五岁才学骑单车，一直到八十岁还会在清晨骑单车到公园跳土风舞，大半生无病无痛、未曾进过大医院，但这十年来，她衰老的速度变快了，忘记的东西越来越多，能说的话越来越少了。

五年前，她偶尔还会说起年少时的故事和半生的委屈，条理仍然清晰，喜怒也很分明，大约是从三年前开始，她变成了一个过去宠辱皆忘，连上午发生的事也不记得的人。她唯一记得的只剩身边的亲人的名字。

她并未失智，只是擅长遗忘。我知道这就是老化。正常的老化，也是幸福的老化。

我曾听过一种说法：老化的忘性，甚或是失智症，对老人本身仍有正面的保护作用——使他们忘却旧恨新仇、旧欢新怨，得以带着漂白之后无忧恼的天真，面对无法再积极进取的明天。

而苦的是身边的人。她自己的痛苦和烦忧则被挡在坚固的遗忘外边，不致侵入。

祖母的状况一直默默在告诉我：即使你再健壮、再聪明，你的时间不多。终会有那么一天，你所得到过的一切，包括只属于你的记忆，都要还回去。

再舍不得，都要归还。

行动当及时，行乐当及时，那些迟早会丢掉的矛盾、纠葛、犹豫和痛苦，弃守当及时……

无声的陪伴

还好阿兰笑盈盈从越南回来，祖母也回到家中，这一次我回家去，看见她安安稳稳地坐在客厅她最习惯的宝座上，眯着眼笑，脸色红润了些，我才放下心中的石头来。

放心，但仍然惭愧，她养大我，而我无法亲事羹汤。

她正在看我主持的电视节目的重播。

"你在里面呢。"她指着荧幕说。

她不太看得懂电视节目内容了，但她喜欢看到我的身影在电视里晃动。

这是我们另类 MSN 的方式。

我看着她，她看着电视里头的我。这几年来，我们相见时，祖母越来越寡言，只是每天笑呵呵的，我也只能问问"吃饱没？""……身体好吗？"坐在她的身边默默地陪伴。

几近无言地陪伴。我是个无知婴孩时，她陪伴我，如今她回复成幼儿，我只能偶尔陪伴她；以前我以自己从不负债为傲，后来才明白自己早是债多不愁。语言已是多余，亏欠也不须提。最珍重的是你也在、我也在的温柔与温暖。

我知道,一个人,一辈子,不管多努力,千人中能有几人够幸福够幸运,才能和她一样,当生命力慢慢消失,仍日日微笑安详。

她需要的只是陪伴。

一辈子，谈不好感情，受不了挫折，存不了美好记忆，还车前连一点值得咀嚼几分钟的旅程经验也没有，才是最让人遗憾的事情。
租来的人生，值得斤斤计较或细细呵护的，唯有时间、唯有情。

Part 6　梦想

不要让人生，再错过这美好

经过多年的试验和探索,我知道,不管谁铁口保证让你幸福,幸福还是只能靠自己。因为从精神上来说,幸福是一种情绪平衡。只有自己才能让自己情绪平衡。

租来的人生

有好多朋友，最近几年都到对岸买房子。

听说这半年来全球股市不振，房价略有下跌，蠢蠢欲动的人不少。不久前，我也跟着一位友人到上海看屋去。

放不下的房子

到大陆买房子，除了价钱外，最重要的就是"土地租期还有几年"的问题。

一般新房子，租约还有六七十年，而房子的身价也与租约年限成正比，租约仿佛是房屋寿命。

其实,很多人也料定,虽然所有房子都只有地上权,没有土地所有权,当局也应该不可能真的在房屋年限到期时,心一横、令一批,把房子全都收归国有。然而,中国人向来认定"有土斯有财",没有了"永久"的土地产权,那种感觉就像是在自己的扑满里,放了一颗定时炸弹。

"我喜欢市区老房子,比较有上海的感觉,整修起来应该很美,可惜年限只有五十年……"朋友看上的是一间香山路的老房子,独门独院,颇能激起思古幽情。

我有感而发,不免乌鸦嘴了起来:"嘿,其实……也不用想这么多啦,再过五十年,我们若不在坟墓里,也差不多奄奄一息了。届时在意的,应该是挂了以后要住在哪里。"

住天堂,还是地狱?到时恐怕是更急迫的问题。在人间已没有未来,谁还在乎房事。

他笑了:"话是这么说没错,但好像不能不考虑'永远'这回事。我们到底是俗人,自己用不到,还是希望子孙用得到。"

"世人都晓神仙好,只有儿孙忘不了!痴心父母古来多,孝顺儿孙谁见了。"我念了《红楼梦》里的《好了歌》。

"哇,你真的很讨厌。"他瞪了我一眼,"这风凉话是真话。我看过不少有钱长辈,才刚咽下最后一口气,子孙擦干眼泪后,马上破涕为笑,开始和兄弟们钩心斗角,规划起家产如何处置,但俗人……就是放不下。"

承认放不下也是可爱的。千古以来,多少人找借口安慰自己:我放下了，我不屑，有什么了不起。事实上，还是放不下，一点点小钱、小资产，在心头偏有千斤重量。

过去做广播节目时，我印象最深刻的一件事，是一位癌病晚期患者在安宁病房打电话进来问我：她只剩半个月可活了，可是为什么她一直挂念着一些小东西呢？

我问，什么小东西呀？

她说，她以前很喜欢买袜子，总是一打一打地买，现在她最担心的是，如果她走了，家里那些袜子还没穿过，可能就会被丢掉……

我不知道该怎么回答，愣了好久。

没有什么是我们的资产

"啊……"望着窗外忽然来访的骤雨，朋友若有所思，"活了这么几十年，这一刻我忽然有种感觉，好像努力得来的一切，不过是一纸租赁契约，一切都是租来的。到了某个年限，就要缴清借款，还回去。"

在很多人眼中，他目前为止的人生，似乎是十全十美的，什么都有。我们曾开他玩笑，说他什么也不多，就是钱多。然而他却承认，大半时候，他活在有成就感却不快乐的状况中，工作上一直在应付各种挑战和危机，心灵上一直漂泊无所依。

想想，我们的人生，也都是租来的。有生命的或无生命的，没有一种东西，真正属于我们。

我们努力读书、工作，买了间房子安身立命，又努力买了车子来逃离房子以求得自由。有了伴侣，签了终身契约，有了孩子，有了公司，又有了孙子……每一样，我们都以为是自己的资产，看着它们，才能隐隐感到安慰。

有人做过统计，受囿于战乱以及人类寿命之限，历史上的土地拥有者，平均拥有"自己的土地"的年岁，并不会超过三十年，与俗话说的"富不过三代"，冥冥中相应和。

伴侣、孩子，都不曾认为他们的所有权属于你。正如多数的我们并不认为，自己是父母资产的一部分，自小就嚷着要独立自主、被尊重。

把活人视为资产，是一厢情愿。

这个世界或许只是一个超大型的租车公司，被命运善待的人，不过是向一家服务妥帖的租车公司租到了一部好车子。

不久前，到日本看樱花，为了寻找自然风景，我租了车旅行。

日本的租车公司令人不得不夸赞。车一来，油加满，目的地都有卫星导航，只要输入电话，再复杂的路也畅行无阻。又是油电车，十分省油，停车时悄然无声，公路修筑完善，一路上半点颠簸感也没有，连找停车场都有详细指示。

还车时，服务员还会对我甜美微笑。

完美得有点怅然，真舍不得还。

这或许也只是完美人生的缩影。旅程的最尽头，即使有些不舍，却还是得往前行，再美妙的陪伴都带不走。越顺遂的人生，时光流逝得越令人惊心。

不像是租来的东西，都只是些抽象的东西而已。如过程、情感与记忆，都是属于自己的独特经历。却有许多人，对租来的东西十分尽心，对不是租来的东西十分粗心。

虽然说，是非成败转头空，古今多少事，都已烟消云散，就算是抽象的东西，也只对自己有意义，无法真正留下什么，总会成为过去。但一辈子，谈不好感情，受不了挫折，存不了美好记忆，还车前连一点值得咀嚼几分钟的旅程经验也没有，才是最让人遗憾的事情。

租来的人生，值得斤斤计较或细细呵护的，唯有时间、唯有情。

我要我要的幸福

没有人不希望幸福。

只是人人所要的幸福不一样。幸福的样貌有好多种,不是从同一个模子盖出来的,只因我们的个性不一样。

你有没有想过,你所需要的幸福,长什么样子?

我是在不那么年轻的时候,才悟到,原来我要的幸福,跟言情小说里吹捧的不一样,跟上一代想象的不一样,跟电视的家庭伦理剧所标榜的也不一样。

言情小说吹捧的是黏腻又烫热的幸福,像一大团热麻薯,吃太多了,容易胃肠胀气。

上一代所想象的幸福，对女人来说，是"一切都比不上一个会拿钱养家的老公、生几个听话的孩子"；对男人来说，是"最好捧个铁饭碗，找到个贤内助"。饿惯了的人，只要吃饱就可以，管它什么材质、口感、新鲜度。

电视家庭伦理剧所标榜的幸福，是父慈子孝兄友弟恭，传统不可违逆，一大家子不管恩恩怨怨欢欢喜喜凑合着才叫热闹，结尾必得是个大团圆结局。它像我们吃中式喜酒时的菜肴，有一定格式，不会有什么创意，吃了一定饱，但胃饱了，心还是有点空虚。

那都不是能够让我心甘情愿欢喜着的幸福。

我要的幸福不一样。

怎么不一样？

我要的幸福

尽管使用文字来描摹情状是我的专业，但对于我要的幸福，我还是没办法下太明确的定义，竟只能拼凑出如下这些零碎的感想。

我知道，我要的幸福比较复杂，而且饱含矛盾。我当然也渴望生活安稳，是一种可以为梦想挣扎努力的幸福，是一种勇于尝试世间新鲜事的幸福，是一种创意菜肴，它得可口而且富于变化又有巧思。

我知道，幸福的字典里最常出现的两个词语，是"接受"与"开创"。

啊！我当然知道，我这样说很抽象。其实幸福本来就不是一种具象。

经过多年的试验和探索，我知道，不管谁铁口保证让你幸福，幸福还是只能靠自己。因为从精神上来说，幸福是一种情绪平衡。只有自己才能让自己情绪平衡。

我也知道，不管你多幸福，总不会天天都幸福。有时幸福还得靠点不幸衬托。

有时也要靠运气，又不能光赌运气。

我的每个人生时期所认定的幸福都不一样。有些我以为"得到了会很幸福"的东西，其实只是个仿冒品，披上了一层酷似幸福的外衣。

如果你也曾经活过一段沧桑岁月，我的说法你应能心领神会。

你要的是什么样的幸福？你观察过自己的需要吗？

一个人性观察的测验

这可不是一本有关幸福的论文，只是一本有关幸福的人性体验而已。所以，一开始，我们还是面带微笑，玩一个很轻松的感觉游戏，把我们的幸福可能性具象一点。

题目有点古怪刁钻，但别想太久，用你的直觉回答就可以了。因为答案不一定是你想的那样。

想请问你：

1. 想到幸福，哪一个画面会先出现在你脑海里：

A. 一家人和乐融融吃团圆饭

B．两个情人吃情人餐

C．一大桌美食美酒在桌上由你吃到饱

D．一个人坐在浪漫的咖啡馆里喝咖啡

2．然后，假设你有个新的情人。和情人出外吃晚餐时，不久旁边的圆桌来了一堆人，儿童还比大人多，你的感觉是：

A．好温馨

B．好吵，但只好忍耐

C．找机会叫服务生来，希望能换位子

3．吃完晚餐，你们决定看场电影。手牵手走在路上，竟与形单影只的前任情人在狭巷相逢（你们已分手，但分手原因是因前任情人有了第三者），你会：

A．清楚介绍两者的情人身份

B．只点头示意

C．装不认识

4．最尴尬的是，他也要看电影，划位还划在你旁边，你会：

A．坐在原座纹丝不动地把电影看完

B．很礼貌地向他表明换位子比较好

C．再也看不下电影，找借口离场

5．哪一种梦会让你第二天醒来心情最好：

A．乐透中奖

B．看见不在世上的亲人

C．和往日情人或暗恋的人相遇

D．充满刺激的浪荡春梦

E．在天空中飞翔

这不是心理测验，而是一个人性观察的测验。不管处理的是爱情还是未来，人性确有相通点。请看我的解答与建议：

1．想到幸福，哪一个画面会先出现在你脑海里，是你对幸福的定义，可以看出你的爱人和你在一起会碰到的最大问题：

A．一家人和乐融融吃团圆饭

你是个传统拥护者，只要得到"亲友一同"的认可，你就觉得一定是好事。但亲友总是很难"一同"，遇到两人问题时，常因太常请教尊长意见，而伤了情人的面子。过度效忠原生家庭的你，常使你的爱人受困于你的死脑筋，责怪你只在乎家人想法，不在乎他个人的感受。

B．两个情人吃情人餐

你把爱情的热度看成人生第一重要，很喜欢问：你现在是不是不爱我了？你的爱人容易因你索爱无度而感觉身心俱疲。

C．一大桌美食美酒在桌上由你吃到饱

你的情人常抱怨，你不懂他，没法跟你做心灵上的沟通，想得不多，不会未雨绸缪。因为你是个很享受现实的人，只要吃饱喝足，就没有人生烦恼。

D．一个人坐在浪漫的咖啡馆喝咖啡

你根本独立习惯了。你的爱人老觉得他可有可无。

2．假设你和新的情人出外吃晚餐时，不久旁边的圆桌来了一堆人，孩子比大人多，你的直觉与处理方式，代表你在爱情和婚姻上的看法有无冲突。

A．好温馨

谈恋爱以结婚为目的，你对现实的接纳度大，不会想拥有疯狂的恋爱经验，婚后也会耐心接受不适应的地方。

B．好吵，但只好忍耐

对爱情和婚姻想法有相当冲突，你很渴望爱情，希望谈恋爱能有结果，却对步入婚姻十分犹豫。已婚的你很容易成为"一觉醒来希望自己未婚"的人。

C．找机会叫服务生来，希望能换位子

你有婚姻恐惧症，恋爱谈久了，总会让你觉得食之无味。在婚姻上遇到问题，不会想委曲求全。

3．与现任情人手牵手走在路上，竟与形单影只、分手过程不太开心的前任情人在狭巷相逢：

A．老实介绍两者的情人身份

涉世未深，瞻前不顾后，太过天真等于蠢，往往惹祸上身还不知不觉。

可别找心机太深的人谈恋爱。

B．只点头示意

你对过往的挫折，虽然还是会汲取教训，但记恨能力不强，算是宽宏大量。

C．装不认识

凡经过的事在你心中必留下顽强痕迹。一被人家翻旧账，会恼羞成怒。这种人若没有"愿赌服输"的性格，就会老犯相同错误。

4．最尴尬的是，他也要看电影，划位还划在你旁边，你会：

A．坐在原座纹丝不动把电影看完

自以为老成持重，和他相处的人却常常觉得很闷，连吵架都得和他打冷战。

B．很礼貌地向他表明你要换位子

个性直接，不想受到任何人的情绪牵制。

C．再也看不下电影，找借口离场

遇到任何不顺心的事，就想躲避，小心一事无成。

5．让你第二天醒来心情最好的梦，是你要的幸福：

A．乐透中奖

好吃懒做的你期待的幸福是"天上掉下来的礼物"！

（我的建议：还是好好开发自己的潜能吧！）

B．看见不在世上的亲人

你要的幸福建立在"不可能再属于你"的东西上头，常觉得自己的幸福已经不可能来临。

（我的建议：要给自己机会，才能幸福。）

C．和往日情人或暗恋的人相遇

极渴望被爱的幸福，对目前的感情生活并不满意。

（我的建议：不要太怕受伤而失去主动付出爱的机会。）

D．充满刺激的浪荡春梦

你是个诚实好人缘的人。在生活中找小小乐子，有个小小享受，就能让你觉得幸福。

E．在天空飞翔

让自己多一点自在、无拘束地生活吧！你的压力太大了。

幸福要真心寻觅

我有本书叫做《幸福人的座右铭》，虽然叫座右铭，但并不是要你正襟危坐地朗读复诵做笔记。这是我的一只透明水晶瓶，搜集了有关幸福的各种可能性，与人性中很有意思的点点滴滴。

其中的每一篇文章是小小的观察、记录与感想。每一个故事都会发生在你我日常生活中。

想告诉你：幸福，常常被忘记；幸福，需要被提醒；幸福，从没有人能真正给予；幸福，可以用创意和真心寻觅。

永远不要放弃登高望远的权利

我发誓，在 30 岁以后，每年至少要学一样新的东西。其实，这世界有这种"共识"的人越来越多。

从潜水、摄影、陶艺到弗朗明哥舞，都带给我深浅不同的乐趣。

今年，我"投资自己"的事情听来比较不像"休闲活动"——

我回台大念了 EMBA。

没有任何商学渊源的我、对数学一向不太感兴趣的我、考大学的时候一个商学系也没填的我，竟然会报考台大 EMBA，跌破很多朋友的眼镜。

连我自己也有跌破眼镜的感觉。

我开始上"财务报表"之类的课程,开始觉得自己有责任把一些管理学和经济学的书籍看完。出乎我意料的,这些本来我以为会很枯燥的商业活动中,我仍可以观察到一些有趣的现象。

在此之前,我只有些许关于股票与企管的知识,偶尔看看经济日报或商业周刊、天下杂志而已。

我临时决定赴考,几乎只有一个月的时间可以准备,也必须在"半工半读"的状况下偷空才能读书,的确有些辛苦。离开校园这么久之后,还想要进校园,主要的原因也有点可笑:我发现,周围同龄的朋友竟然都重新回学校念研究生,甚至还有一些"前辈",在孩子都过了青少年阶段之后,不但回校念了研究生,甚至还努力不懈地到彼岸研修博士课程。

彼岸拼经济,此岸拼完经济后拼学问,大家似乎都得了知识焦虑症,应该是此岸渐趋文明的表征。

很多人事业有成后感觉学历欠缺,所以持续深造。学历欠缺并不是我上学的理由。

我目前的工作好像也不需要太多的管理智慧,从没梦想过当王永庆或比尔·盖茨,更不想管理任何人;但是,凭着某种"就是要学我没学过的东西"的业余精神,我竟然毫无挣扎地决定继续回台大念书,而且选择了当初"死也不碰"的商学院。

说穿了,其实只因我一直是个喜欢变化的家伙罢了。总是喜欢没有走过的道路,更爱走看来困难的路,挑战陡峭而陌生的高山。

这或许叫做"自作孽，不可活"。

老实说，有些课还真的蛮枯燥的，恐怕比念甲骨文还令人头痛，如果这是我在当初念大学时候必修的课程，我想，我一定会在老师点名后翘课去谈恋爱。如今，在自己选择的课堂中，我的心境大不同；工作了一天才去上课，我常常在课堂中打瞌睡。然而，"猛然点头"后强自睁开眼睛，往往会有一种罪恶感涌入我心头，让我清醒。因为放眼望去，总会有一颗一颗斑白的头颅掺杂其中，我的同学们，绝大多数年纪比我大些，他们贵为大企业董事长或总经理，日理万机后仍然赶来上课，认真地做笔记、向老师提出问题……有一种严厉的声音提醒我：看！成功的人士都那么进取，那么，你若再昏沉下去，未免太没出息！

关于生涯规划

对久混江湖烟尘的我来说，上课这件事像一台空气清净机。我喜欢和一群人为着同一目的努力又能各自享受独立的成就感的感觉。这或许是我不断学习各种看来不太需要的东西的理由。

我记得，在某个座谈会后，有个女孩问我："现在的世界变化这么大，我们怎么做生涯规划？"

我低头沉思了很久，答应在书中给她一个回答。

老实说，以前，我很怕谈到"生涯规划"这四个字。

因为，任何一个人的生涯规划都不会尽如人意。规划赶不上变化。有时，不管人们怎么在意自己的计划，也都不能不承认天意的力量比我们更强大。

然而，如果人生是一条河流，必得常常清理，才不会让不必要的烂泥堵塞、淤积。其实，我害怕的只是某些人谆谆教诲"你一定要拥有铁饭碗般的工作、在几岁之前嫁人、生两个孩子、一定要领到退休金"的那种规划。过去讲生涯规划的人，都只想把人生的河流卡死在硬邦邦的防波堤之中，企图把"生涯规划"做成财务上的损益平衡表，或让它呈现一种井然有序的无聊。

以"正常眼光"来看，我个人的生涯规划实在太没计划。

不止辜负长辈期望，还辜负自己曾有的选择，我念了法律又不从事法律，后来念了中文所。拿到硕士后，我很幸运，马上拿到大学的讲师聘书，却又不肯乖乖当老师，不甘寂寞的选择到新闻界工作。

所以多年来我除了写作，一直有另外的职业，从记者转任到电视、广播的主持人，其实是无心插柳，与我小时候的志愿一点关系也没有。我从来没有梦想过要上电视、穿漂亮衣服、要说这么多的场面话。

走一条自己要走的道路

不知是不是讽刺呢，我做的工作，永远与我在学校学的东西无关。

不过，却走出一条我自己要走的路。

是的，有时只有"辜负"大家期望，才有自己的希望，一个人的生涯规划不可能一成不变，只要不放弃自己规划人生的权利，永远会有希望。

在这个多变的时代，要谈生涯规划的话，一定要懂得变化，"原则"比按部就班重要，而且一定要有几个原则吧——

一、生涯规划一定要由自己做。我们生来的使命，就是要做自己喜欢的事，做自己不爱的事永远不会成功，就跟和自己不爱的人结婚，再平稳也不会太幸福一样。

二、好汉做事好汉当，自己选择的路，不管成功失败，都要有承担的勇气，别想只拣甜头吃。世上没有只准成功不准失败的事情。就算输，也要输在自己要的那条路上。

三、要明白：就算人生路大致符合自己的生涯规划，但未必就表示从此就一路幸福快乐。总还有不受欢迎的"程咬金"从黑暗的角落里杀出来，使我们不知所措。而世界可能改变得很快，快到我们想不到，我们必须保持某种应变的弹性、改变的勇气和成长的可能。

做生涯规划的目的，在于想自己拥有自己的人生吧。是的，女人，把握这个原则，永远不要放弃登高望远的权利。

如果你想拥有属于自己的人生。那么，挑战是一定存在的，别想高枕无忧，也别想把人生重量放在别人身上。

男人、女人都不可以像死水一样一成不变。

所以，也许只是想回味一下上学的感觉，我又走上一条没有想过的路。

"这条路在你生涯规划里吗？"朋友问。

看来不在内，但，当然在内啊。因为我的生涯规划哲学，简单说来，只有以下几句：改变我所改变的，接受我所接受的，让自己活得充实，也永远不要画地自限。

为自己谈个好价钱

> 一个成功的推销员,通常推销的并不是产品的本身,而是产品的价值。
>
> ——行销顾问西维亚·罗斯

学历虽然无法跟竞争力画上等号,但是学习本身一定有助于思考。

这一群已经很有钱也有一番事业的学生,为什么要来念书?都是"别有居心"的。

有些人出身技术背景,慢慢升到了管理职,才发现管理别人的工作和管理自己的工作大不相同,平时也听不懂公司的财务长到底在报告什么，于是寄望着念书可以帮他增长知识。有些人创业已经成功，在公司治理上经验十足，却想要百尺竿头更进一步，上课可以帮助他累积更多人脉；教授在课堂上所教的原则，或许与他在现实世界应用的相反，但至少有助于思考。

而我，虽然没有抱着太明显的目标而来，却从理论中体会到一些对我自己很实用的东西。

我至今相信，任何学理，经过个人的思考和消化之后，都是实用的。

"无价"的教训

有些事情说起来很浅显，但是像我这么驽钝的人，却得再度进入校园才懂，才真正"痛改前非"。

我的工作，其实常与价格有关系。然而，基于某种"文化人的害羞"，有多年的时间，我是很"耻言利"的。

有很多年，我一直觉得，自己替自己谈价钱，对我来说是一件困难的事。

不过，有趣的是，我必须坦白承认：虽然耻言利，但是万一得不到利益又没有意义的话，我那不太宽广的心胸未必是很如意。

我在当上班族时，就是一个很不会为自己谈条件的人。现在想来荒谬，很久以前，我曾接受了一位文坛长辈的邀请，到某媒体工作，我受了他的盛情所感动，根本没有谈薪水，就进入该公司。直到领第一个月薪水的时候才发现,我的薪水比我以前的工作还低,而且试用期长达三个月,这三个月薪水打八折。

我犹豫了很久,到底应不应该去跟长辈争取我的福利呢?明明我是被他挖角的,为什么我还要"照规定试用"呢?如果我去争取,长辈会不会觉得"她真是太精明了"?就这样,由于害羞,我踟蹰了三个月,后来还是安慰自己"算了,不要开口好了"。

怎么样?我真是个蠢村姑吧,我还是个法律系毕业的学生呢!唉,我竟然一点都不敢替自己仗义执言,只因为交涉会谈到钱。啊!好俗气的钱。

变成一个自由工作者之后,那种"不敢帮自己谈价钱"的畏缩细胞还是在我的体内继续寄生。

我常会接到这样的电话:"吴小姐,我们社团久仰你的大名要请你演讲,这边都是知名工商界人士的太太们组成的,我们可以帮你打知名度,你一定要来!"

演讲费呢?不知怎么地,我就是说不出口。

有时受不了恳托,我去了几次,但是过程都不太愉快。

这些演讲并不是演讲会,而是餐会,大家拿起刀叉努力地和眼前冒烟的牛排展开血战,我在上头讲得口干舌燥。我认为自己"盛情难却"才答应,但事实上,主办人的热情未必能唤醒参与者的激情。相反的,参与者的年纪常常比我大，社会经验比我多，因此都抱着怀疑的眼光看着我（还好，年龄渐长之后，这些社会贤达们怀疑的眼光渐渐没那么锐利了）。

我一直有一种怪怪的感觉，每次参加这种场合，我都很沮丧地离开。念了EMBA之后我才了解，原来，他们不是我的"目标客户群"。他们并不在乎我说什么，而我能够说出的道理也不适合他们的年龄。我们之间的供需关系根本不能配合。对！我的书不是写给这些人看的，我讲的话也不适合他们，如果真的要打书，我应该到全国高中及大专院校去"义演"才对。而根据我多年经验，每一次答应免费或不谈酬劳去演讲，都有一些问题发生。

比如，有一次，我被北一女的学妹放鸽子。

母校嘛，谈什么演讲费呢！当天我还穿着一身绿到母校去呢。结果，看守校门的那一位职员看了看我（正巧她还是我以前就读时看守大门的那一位），查了查手上的"来校贵宾名单"，很惊讶地说："上头，没有你的名字……"

原因是，那位学妹是个很忙的社团负责人，在我爽快答应后，她竟然把这件事忘了。她辩说："我有在你手机留言，说不必来的。"

哇！原来是随便说说，而我太负责任，把它当真。

有一次，只有三个人来，因为主办单位忘了宣传；还有一次，主办人员忘了准备麦克风，问我可不可以大声一点对着全场三百人喊两个小时的话；还有一次，在七月溽暑，主办单位借了一个加盖铁皮屋，而且里头没有冷气，演讲两个小时之后，我因为中暑，回家躺了两天。

这些主办单位，和我或多或少有些渊源，不是校友，就是朋友。

更奇怪的是，出问题的演讲，都是没有事先谈酬劳的演讲。有了多次经验之后，我终于了解了一件事情：为什么我的"热情赞助"，反而得到这样的待遇呢？原因可能在于，很多人心里觉得，你没有价格，就像一个免费赠品一样。一条很名贵的黑鲔鱼，厨师会希望将它从头到尾都做成精致料理；但如果你是吴郭鱼，随便你怎么吃个杯盘狼藉也无所谓。由于不付费，他也不需要负太多责任，不需要"让每一分钱花得都值得"。使用者付费，在商业上是个不灭原则。

你的"价格"与"价值"

由于自己不好意思开口，只好托看来比我精明的友人帮我处理这些庶务。但我不善于管理财务和经纪自己，所以问题还是层出不穷。

我曾经将财务托给"可靠的友人"管理，完全搞不懂自己赚了多少钱。说实在，我还是必须感谢这位朋友，虽然那些年来我对自己的财务进出状况一片混沌、漏洞百出，但是我至少要感谢她并没有把我掏空。

我也曾经把经纪自己的权利交给比我精明许多的专业人士打理。几年来，专业人士收取我所有收入的四分之一，而所有的税款完全由我支出。

本来我也并不觉得有什么不对的。

事实上，我的状况并不像唱片新人，需要有人帮我推销出去或帮我接通告，我手上的工作相对来说一直是稳定且固定的，有人找我，都会直接打电话给我。也许是因为帮我打理实在太轻松的缘故，后来有半年之久，我几乎没有听到她的消息（当然一切费用还在继续支付中）。有一阵子，我很想和一位知名制作人聊一聊，基于职责分配，我请她帮我打电话约时间，半年中，我询问了好几次，她都说，那人很忙，没时间。

"难道我不值得一见吗？"

有一天，我决定僭越职权自己打电话过去，才发现我的"专业经理人"根本未曾打电话给这位制作人。

我知道我的工作流程出现了很大的问题。

不久，我在课堂上学到一个字，叫做"Non-Value Added"，也就是无附加价值的活动。它的大意是：如果把那个人员配置、关卡或环节删除，工作反而会更加顺利无阻。我恍然大悟。

我们之间合约老早已期满。我开口表示不再委任。

她很震惊说："对不起，不是我不理你，而是我失恋了，这半年我没心情工作。"一听到这个理由，我的下巴都快掉下来了。（啊？原来我找的专业人士，是一个失恋了就不能够工作的人，我怎么没发现呢？）

朋友失恋，应该要好好安慰她，没错。可是，她并不只是一个朋友。

我不怪她，我想，我也有错吧，事实上已经有好几年的时间，我的工作一直进展得不算顺利，许多合作案谈到最后都不了了之，也有不少跟我合作的单位跟我抱怨，帮你处理事情的人的姿态一直很高，能不能直接跟你谈就好？

我最心寒的是自己的反应迟钝。

说也好笑，从我开始接管自己工作的第二个星期开始，不少我想做的工作就如"雪片般飞来"。我对自己负责的这些年，是我的工作最"应接不暇"的年度。一些原来"不敢跟我谈事情"的人，都直接找我谈，而且发现我好沟通得多。

也就是说，我把一个不必要的流程和关卡省去了，可以更快做决定，更快回应我的"顾客"，同时，也节省了不少成本。理财自己理、事业决策自己做，才是最不费力也最有效率的。而我竟然花了很多年才明白。

后来，我只请了一位秘书，帮我处理一些与决策无关的事务。

谈合理的价格，也并没有想像中困难。大家面对面后沟通，各司其职，相得益彰，把事情做得更完善，更合乎预期。但凡我们想做一件事，不是因为价格，就是因为价值。价格有形，价值无形。

如果没有价格，但是有价值，那尽力去做。

如果未必有价值，但是有价格，那么也得心甘情愿尽力去做，这叫做敬业。

分清楚价格与价值，是我得到的最大收获之一。

很简单的道理，对我来说，曾经是知易行难，而今不再困惑我。我在为别人工作时，也会反省，我是不是 Value Added，还是 Non-Value Added？

如果我是 Non-Value Added，我不但没有价值，也当然没有条件谈价格！

用愿望向宇宙下订单

我们所许愿的事,都是正向的愿望。如果常常这么练习,自然而然就会驱走负面的思考,让心胸宽广、想法海阔天空。

向宇宙下订单

有本德国畅销书叫做《向宇宙下订单》,作者贝波儿有个理论,她要人们像她一样练习许愿——相信自己的愿望会达成,不论愿望大小,都可以"向宇宙下订单"。

这个练习很轻松,而且会让你对自己的未来充满希望。

我们所许愿的事,都是正向的愿望,如果你常常这么练习,自然而然就会驱走负面思考，让我们的心胸宽广，想法也就能海阔天空了。

相信自己心灵的力量，会使你更有自信。

作者在书中分享了她的故事，而最有趣的故事之一，应该是她为了"找到一个男人"所许下的愿望吧。她先许下愿望，想找到一个吃素、不抽烟喝酒、会打太极拳的男人。不久，愿望真的实现了，不过相处仍是难题，那并不是她的真命天子。接着，她不断地加愿望，一直加到二十五个条件……奇迹是：那个男人也真的出现了。

然而，作者还是没有跟那个男人在一起。她语重心长地说，面对具备二十五个条件的男人，比面对零条件的男人更有压力……

为什么女人期待中的男人会出现呢？

我想，我也可以很理性地解释如下：当一个女人真心渴望爱情，她的眼神自然会变得有吸引力，也会注意穿着打扮，并留意身边出现的机会！

无论如何，作者真的找到了她要的男人，并且生了一对双胞胎。她的幸福很有说服力，应该就是相信许愿的力量得来的吧。

不过，你也不能只下订单，然后守株待兔地等着愿望实现。

下完订单之后，行动力还是很重要的。

许愿不花钱不费力，只要你虔诚的心。试试看！人生一定会有大转弯！

生而为人，最怕失去的是希望。绝望的人，只因失去了许愿的能力。

不管在什么样的困境之中，只要一个人还有希望，他就有活下去的意志和能力。

实现梦想有那么难吗？

有个报告调查了台湾的白领阶级，发现只有一成的人达成梦想；近八成想要或已经放弃梦想；也有近六成的人梦想已经和最初不一样。前三名的梦想，则是成为老师、企业家和艺人。既然是针对上班族的调查，那一成实现梦想的人应该以老师居多吧。

梦想和最初不一样，是必然的。因为改变有时意味着成熟。小时候我们多半向往的是"看起来很酷"的行业，如棒球选手、警察、歌手或演员；随着成长，慢慢了解自己的个性、能力和专长，改变乃是好事。

有的人梦想变大了。例如，马英九曾说，他儿时的梦想，是当火车司机。有的人梦想变小了。有位小时候立志改变世界的朋友，现在立志当包租公——这也不失务实，变大变小都没关系，有关梦想，我觉得最糟的三种状况是：

1. 失去自己的梦想。

2. 也不能只有梦想却没有行动，让梦想沦为梦中理想。

3. 把梦想建立在别人身上，徒然把人生压力送给无辜者。对女人而言，无辜的受压者常是先生和孩子。

我欣赏梦想很实在，而且愿意在"有朝一日"毅然决然付诸行动的人。实现梦想是场马拉松赛，没那么容易，总有撞墙期，但若在中途放弃，就会永远跑不完。最初的梦想不必远大，先完成小的，你会开始欣赏自己，梦便自己做大了。

远离颠倒梦想

每个人心中,似乎都有一块遥远的梦土。也许是对现实生活的无能为力吧!我们习惯于把梦想放在遥远的未来,对将来总是比现在感兴趣得多。

"等我退休,就可以去环游世界……"

"等我有一笔钱,我一定要回乡下去,买一块地,自己种菜吃。"

"这里的生活环境太差了,交通拥挤、人心险恶、乌烟瘴气,人家说新西兰是人间天堂,将来我老了,一定要移民到那边……"

想想,这跟小时候考试每次考不好,发誓下次好好努力,却没努力过一样。

未来来了，未来的梦想还在未来；明天变成今天，今天的希望还在明天。真正完成的人很少。

啊，人类真是因梦想而伟大的吗？

有些梦想，不过是对现实的嗟叹；它并不是驱策人生的动力，而只是抱怨的借口。我们不断地在找借口，不肯在现在就努力地踏出第一步。其实，让自己对现实生活稍微满意并不难，不需要在不满中让烦躁如细菌般滋生。

困扰人生梦想的，只是烦恼。

我一直欣赏美国女作家苏珊·俄兹的话：

"许多渴望永恒的人，却不知道在星期天下雨的午后如何自处。"

许多梦想，使我们的此时此刻，充满着灰色的情绪，恍恍惚惚，模模糊糊；使我们不屑于生活在这一刻。

其实，只有这一刻才是真实的。

真的认命，就别再三心二意

不知道从什么时候开始，我已经厌烦了人们对梦想的过度依赖。

不久前，我遇到一个旧识。在细雨纷飞的午后，他滔滔不绝地说起他十年前就有的抱怨。他说，台北新闻圈的应酬多得让他厌烦，社交场合里，看见的只是一张张虚伪的脸孔与利欲熏心的眼神，袅袅不绝的烟味使他的肺长期呛伤，人们永不厌倦的宴会敬酒游戏，更让他得了严重的胃溃疡。

我记得，每一次看见他，他都是同样的苦瓜脸和不快乐。十年如一日。

"不知道什么时候可以安安静静过日子，不再为五斗米折腰？"

我按捺不住，对他说："你如果不喜欢应酬，大可以不去。"

"唉，这你就不懂啦！我……我做这一行，人在江湖，身不由己……"

他忽然又防卫起他最憎恨的事情来。

事实上，应酬与他的工作并没有必然的关系。我看得出，在他抱怨的时候，他的眼睛炯炯有神，无声地诉说着爱恨交织的情绪。

我缄默了。就让他爱恨交织下去好了。他只是在为他的无奈找听众，并不期待解决任何问题。

这让我想起，一些喜欢在婚姻中爱恨交织的男女。

"如果你这么痛苦，他又对你这么差，为什么不离开呢？"如果你好心地想当解铃人，你通常会得到类似的答案：那人忽而戒心十足地防卫起他最憎恨的事来。

"你不会明白的，我身不由己啦……"

"我，唉，认命了——"

真正认了命，就不该有怨言悱语，不是吗？

从前，有这么一个对子。

诗人嫌院里的芭蕉，风来发出沙沙声，雨来滴滴答答地响，吵得人不能静心入梦，挥毫写下：

——是谁多事种芭蕉？早也潇潇，晚也潇潇。

诗人的妻子，慧心独具，戏笔完成下联：

——是君心绪太无聊，种了芭蕉，又怨芭蕉。

芭蕉可不是你自己种的吗？芭蕉是一样的芭蕉，只是你的心变了，发出杂音的，不是芭蕉，而是你呀！

在日常生活中，我们常常种了芭蕉，又怨芭蕉。当初喜滋滋进了大公司的人，不久就为大公司的繁杂人事烦恼频添、早生白发；不久前，才因一见钟情而日夜想望，曾几何时，情人已经变成仇人；最亲密的朋友，翻转成致命的敌人……昔日的爱，变成今日的恨事，为什么？

只因一念之差。

那个念，来自于期待，也来自于梦想；当事情背离了我们的期望，我们的梦想便是失去了回应，于是我们的心也越来越不能宽容。

想来想去,当日心头一块肉,如今十恶不赦。

还不是它在作祟?

失去,意味着新的获得

梦想是奇妙的东西。不实现时,百般渴慕;实现后,万种烦恼步步跟随。

有个朋友是心理医生,曾经诊治过这样的病人:

一个中年女人,她出身困苦,早年劳顿。等到她努力变成有钱人以后,她决定花一百万,买一条她渴望已久的珍珠项链犒赏自己。

从亮晶晶的项链送到她手上的第一天起,她得了失眠症。睡不着,因为怕有小偷来偷她的项链,有强盗来抢她的项链,那么,多年的心血将会白费,说不定,还有血光之灾……越往下想,就越睡不着……好不容易睡了,恐惧又到梦境中来拜访。她的心情从天堂跌倒了地狱。

她只好找心理医生。

医生建议,为什么不把项链锁进保险箱里?

她照做了,却又担心保险箱不安全,失眠的老问题又与她纠缠不休。

直到某一天,她赴宴返家途中,一个劫匪真的抢走了项链。在她还在为那条项链心痛不已的同时,她也发现,她的失眠症不见了,和她心爱的项链一起被偷走。

塞翁失马,焉知非福?

古人老早就悟出这个道理了。梦想不能实现，并不值得沮丧；失去，也许意味着新的获得。

我的表嫂是一位资深的护士，她在洗肾病房工作。

洗肾病人是很无奈的，每两三天折腾自己四个小时，尽管现代的科技，已减轻了他们不少痛苦，可是，必须按时报到洗肾，又不能做剧烈运动，仍是一种苦刑。

既来之，则安之，又能怎么办？

大部分的病人，把洗肾当成例行公事，因为大家常常见面，就跟一家人一样。见了面，嘻嘻哈哈，仍然津津有味地谈论，哪儿的醉鸡好吃，哪边的衣服在打折。

这是受欢迎的病人。表嫂说。

还有一种，洗了十年，每一次来，还是在埋怨天地不仁……不但苦着自己的脸，还企图影响他人的情绪……

这样的病人，护士见了都要皱眉。她说。快乐也得洗，不快乐也得洗呀！

当然，没有人"梦想"自己从此必须靠洗肾维生。一旦被宣告了这种病，几无脱离的希望。但是，如果在肉体已经承受了如许痛苦时，再加重精神上的痛苦，就是不智了。

既来之，则安之。如果来到人世间，已有生来病死苦，何必再增加自己的精神折磨呢？

《心经》上说，远离颠倒梦想，究竟涅槃。

梦想，因眷恋过去，或因想占有未来。但愿我真真切切地盘踞现在。愿我一生的历史，由无数现在写成，而不是被夸大的过去，或梦想中的未来。

我只是在和自己比赛

> 我想要活得从容,接触生命的本质;看我能否学会生活的教训;我不想在临终之际,发现自己未曾活过。
>
> ——梭罗

决定念 EMBA,我想,我只是在和自己比赛,为自己设计一个游戏。

为什么会选择再回到校园呢?有一半原因是因为怕无聊。也许你会问,像你这样忙,还会无聊?但是,在我的经验里,忙和无聊是两回事,两个可以同时存在的事。

另外一半的原因,是因为我还渴望着校园生活。在经过许多江湖行走的日子之后,渴望回复某种单纯。求学,也像钱锺书写的《围城》,外头的人想进去,里头的人想出来。人很奇怪,在校园里头时,想要早早出社会,脱离那些被管束的日子、累人的考试、没什么趣味的课程;但是,在离开校园之后,却很难忘记那种天真的单纯。

不知不觉的,我通过了入学考——说实在的,比起以前考大学或研究所,这个入学考试科目简易得多。我想所有提供社会人士进修的研究所都是一样的。重要的是,你在"社会大学"是否有十年资历,而这十年,你做了些什么?是不是拥有一个被社会认可的地位或工作?

考试是客观的,而资历的认定是主观的,这是商学院,也是管理学院。最近十年来台湾流行着一种疯狂:一群已经在管理员工的人,积极回学校学理论。

每个人的目的不一样。

以我的职业来说,为何跟随这种疯狂,实在有点莫名其妙。首先,我几乎没有做过管理工作,多年来最重要的管理工作,只是管好我自己;其次,我是一个从写小说开始入行的作者,后来也一直在写作和主持电视节目,读企管并不会为我加薪或加分;再来,我不缺一个硕士学位,多了也不会升官。

可是,根据冥冥中的直觉,我好像听到了某种声音:就这样做吧!非如此不可,非如此不可啊……就往那条路去吧……

我常怀疑,那个无声的声音来自于我的背后灵。不止一个声音,恐怕是两个声音，总是在拉扯。不管我需不需要、恳不恳求，总会有其中一个声音在说话，有时是慰藉，有时是谴责，两个声音永远唱反调。

让它们保持平衡与协调，是我维持精神正常与生活愉快的秘诀。当其中一个声音较为强势，而另一个声音显得无可辩护时，就那么做吧！

也因为这种不理性的理由，使我拿到在台大的第三个学号。其实我的整个求学生涯都是混沌的，念了什么、就不做什么。我的学习过程说来毫不功利：大学念法律，念完之后没走这行；研究所念中国文学，也没有教中文；而现在念企管，如果不走这行，也不足为奇。

刚刚入学时，我像一个外星人。迎新晚宴时，由于我的职业与众不同，有一位操着标准国语的同学问的问题严肃到让我招架不住，我只好借故躲进厕所里头，深呼吸了好几口才出现。后来，实在没有想到，南辕北辙的人后来也会成为好友。

小熊计算机 vs 工程计算机

我觉得自己好像搬了石头砸自己的脚。

我忘了，当时填法律系当第一志愿，就是因为我不想念微积分、不想修会计。

一入学上管理会计这门课时，我知道自己碰上麻烦了。天哪，没修过初会、中会、高会，我马上进入了管会的世界……偏偏班上就是有几位知名会计师，恐怕比老师还专精，老师讲什么，他们都能面带微笑回答。

而我的眼神越来越涣散……

为了面子问题，我不敢发问笨问题。

我也忘了，求学生涯固然值得怀念，但是上课对我来说从来就是一件苦差事。事实上，我从来就有注意力缺失症（ADD）的症候，碰到我感兴趣的事情充满了热情，全然专注，废寝忘餐。然而，有注意力缺失症的人，在行动和冲动之间，缺乏缓冲地带，要花很大力气才能忍住不该讲的实话；常常在和别人谈话时出神；喜欢高度刺激；有成千上万的点子，但未必能实现；总喜欢在同一段时间进行不一样的事情；有时记忆力一流，有时忘掉不该忘的事情；如果没有找到有创造性的出口，很容易有偏激的想法；总是在分心。

我非常享受全心全力工作的感觉，然而，我老是在分心，连写稿都分心。比如说，早上起床写这篇稿子时，我已经在中间收了信、打了几通电话、看了几回股价和新闻……如果我没有对自己说："停！乖，把这件事先做完再做别的！"我会像一只迷宫老鼠一样，自己转个不停。

要我上课不分心恐怕也不容易。一开学，我就和一群专有名词的缩写过不去，比如ABC、ABB、ABM、BPR、BSC、CRM、DSS、EC、ERP、FMS、SCM、WIP……（够了吧，至少还有好几十个，如果你有兴趣而且也有耐心，请上雅虎奇摩知识网站搜寻，在此就不赘述了。）

然而，每位同学口中都是这些缩写，教授谈到这些专有名词时，似乎也不认为世界上会有人不懂，更不用提那些在会计学和财务管理上的名词,光是"资产负债表"和"损益平衡表",就把我搞得头痛万分。

为了面子问题,我常常假装自己懂,同学点头,我就点头。记得刚开学时,有一次我忍不住悄悄问隔壁同学:"喂!什么叫做 Business model？"

同学用大惑不解的表情看我,我以为他也不知道,接着他说:"哇咧……真是大哉问。Business model——对我们而言,就是 Business model 啊!"

我后来才搞清楚,我的问题基本问到别人不能回答,可是这些字眼对我而言真的很陌生呀!后来我只好选择坐在一个有耐心的同学身边,如果老师说 CRM,我就问他,这是哪几个字的缩写呢?他会在纸上写给我。

以前念了那么多书,从来没觉得自己智商低,可是这回我觉得自己根本是跟着一群天才儿童上课的弱智学生,我应该有特殊教育课才对。

不过,你相信吗?第一次的管理会计期中考,我还考了九十分!看到考卷时,我差一点喜极而泣。

我当然没有作弊,而是靠着苦功夫,把所有考试题题型背下来,再把考题上的数字一一套上去,只要题型没有变化太多,我应该会通过。

考试时,我带去的电子计算机是一个绿色小熊造型的计算机。

我的同学用的都是很复杂的工程用或会计用计算机。他们看到我的绿色小熊,笑得前俯后仰。

梦想
不要让人生,再错过这美好　239

并不是刚入学才有问题，每堂课刚开始时，对我绝大多数都是挑战。我对老师唯一的贡献，就是在老师偶尔引用《孙子兵法》或柳宗元的寓言时，站起来把它们翻成白话。

最让我瞠目结舌的是管理经济学。

我以为我好歹修过经济学，没想到还是鸭子听雷。而且有一个我逃避了一辈子的东西——微积分，在此时忽然来访。人家当时弃商从法，就是不想看到微积分呀。

教授温文儒雅地在台上轻松写上各种算式，我只有五雷轰顶的感觉，最糟的是，班上有不少台大电机系毕业的同学，他们还如鱼得水地微笑着。

我挣扎了几个星期，决定请同学们教我微积分。"这太简单了，根本不配叫微积分！"台大电机系毕业的同学说，"我五分钟教会你！"

我果然是在五分钟被教会的，反正不懂就背，我们学过法律的背东西最厉害了。

而考前我总感觉自己的头发正一根一根地白掉、红血球正一颗一颗地蒸发。每两个月就碰到一次考试，我如临大敌，谢绝一切打扰、一切宴请，甚至录影工作的空当，都拿着纸笔一个人算啊算的。

以前也曾听说，有些同学是因为"同学爱"才毕业的。但我发誓，我从没作弊，原因是：当一个人从小就是目不斜视的好学生，在年华老大时才学作弊，也来不及了。

我的 Business model

上课恍惚时，我常在想一个问题：到底我为什么要搬石头砸自己的脚？

我常常因为一时冲动或好奇去做一件必须花许多心力才能完成的事。

有生以来，我一直拿来害自己的两件事大略如下：

一、我喜欢挑战。

二、我很爱面子。

喜欢挑战所以常常不自量力地自找麻烦，爱面子使我打落牙齿不投降，直到不得不。这是一直推动我的风帆，也可能是断头台的绳索。啊！这就是我的"Business model"了！

身为一个社会人士，大家都有工作、有家庭，可能还有高堂父母和牙牙稚子要照顾，并不可能全心全力和教科书搅和。这应该是在校生没法体会的复杂状况。

因为我喜欢挑战的个性，入学后这两年，我把自己弄得越来越忙。

我最忙的时候，每个月还要到北京的电视台去履约，手上的节目从早到晚、从星期一到星期日不得闲。学校规定，每星期四得上课，还得每周挤出一天来。我的星期四行程多半很恐怖：早上七点半起床，八点半到广播电台，九点上现场，十点结束，十点半到摄影棚，两点录完两集逃难似的离开，司机已在外头等我，我在车上吃完中饭，两点半前赶到学校上课到晚上九点半，九点半再回到摄影棚录一集，回家时当然是万籁俱寂……这中间不知喝掉多少瓶鸡精和养生饮。

当然，上课时如果我真的没法专心听或反正听了也不懂，我会偷偷用笔记本电脑赶一两篇专栏。

一直到写论文时，我才铁了心辞掉大部分工作。这则是另一个搬石头砸自己"头"的故事了。

这样的时间安排其实是很疯狂的。不过说也奇怪，我在忙的时候很少生病，忙完了一天，躺在床上快要失去意识时，我竟还会感觉到一种酸楚又甜蜜的安心。

赚钱、赚友情,也赚人生

口袋空空不是问题,麻烦出在空洞的脑袋与心灵。

——心理学家诺曼·文森特·皮尔

连写三个"赚"字,不知道会不会激怒了清高者的眼睛。没关系,就把这一篇当成是市侩的文章吧!

大多数人想像中的文人,都是不食人间烟火的。一箪食,一瓢饮,人不堪其忧,他必须不改其乐。有好几次参加座谈或演讲时,主持人在介绍我时都会加上:"让我们来欢迎'不食人间烟火'的女作家。"——我总是会苦笑着看着他,心里的OS是:"你一定没有看过我的作品吧!

你搞错了。"

说我不食人间烟火,一定是错的,说我"市侩"嘛,其实也有一点正确:我的脑袋里向来有两种背道而驰的声音,很少达到共识,只能靠孰强孰弱来决定谁是老大。

当初没有去当律师而选择去当作家,证明我的感性战胜理性;从来没有把"专门坐在家里"当成作家特权,则是我至今仍然庆幸的理智选择。

我是市侩的。

在我的成长环境中,我很明白一件事:钱代表某种自由。如果你没有足够的钱,你的自由与选择常被困在小笼子里。

简单地说:当你没有钱的时候,你满脑子想的可能都是钱;当你有足够的钱,你才能去想不是钱的事情。

我穷过,也一无所有地在国外流浪过,我一点也不喜欢穷。我记得当时在冬日冰冷的巴黎过着因为省钱只能啃冷面包的日子;我一直有工作,避免把全部的重心放在写作。专业作家在肠枯思竭后的悲剧通常是:一个人孤独地在没有阳光的小房间里自己走火入魔、精神分裂。

我是一只蝙蝠,喜欢飞翔在现实的黄昏,也喜欢飞翔在梦幻的黎明,对于自己的变化,我一向调适得还不错。只要我想,我通常就会变成行动派,挣扎不多。

多年前我决定把主持电视节目当成工作，已有不少朋友摇头叹息；两年前去念EMBA，更证明了我的积极进取"俗不可耐"。有些改变看来剧烈，不过，我自己倒没有什么太彷徨的徘徊。

每个人每天都在用钱，但是对于商、对于钱，不少人仍觉得别挂嘴上才清高。

我曾读过一位出版界朋友写的文章，他写道，某日上了飞机，忽然发现邻近有一位漂亮的年轻女子，衣着甚有品味，正在看书，他静静地欣赏着那一幅美丽的景致，忽然发现她看的书，书名与"如何致富"有关，当下倒足了胃口，对这个女人的印象大打折扣。

有这么严重吗？我这位朋友的出版社也出过一些财经类书籍，也是个赚钱的出版社呀，怎么了！女人看理财书有错吗？我就是那种上飞机会拿《福布斯》看的人呢！

喜欢赚钱一定市侩吗？

从朋友身上学到的事

人进入中年才来读书，心里一定有一块空白需要填补，在经过两年后，我们都同意：朋友最重要，也很明白只有在校园里才交得到真正的朋友。

念EMBA，至少赚到了朋友。

我有一位女同学，在入学前，她遭遇了人生中种种难以承受的伤痛。

她的婚姻因为第三者的介入变了质，最后她选择离开与成全。最夸张的是，第三者竟然是她孩子的幼稚园老师。

创伤未愈，父亲又严重中风，忙着照顾父亲时，哥哥又因为意外事故身亡，所有的担子都落在她身上。

工作忙碌的她，还是来念书。不久后，到医院健康检查，发现自己得了乳癌。

她一滴眼泪也没有掉，很听话地到医院检查、进行手术。知道这件事之后，几位医师同学主动协助，一起观察了她的X光片，研究如何帮她治疗。

其中一位整型医师还很认真对她说："相信我的技术，万一必须要切掉的话，我会帮你重建得惟妙惟肖。而且，一定会做到D罩杯！"

"还好后来的结果并不严重，不用切除，否则，要跟同学裸裎相见，多么尴尬！"她说。

度过那么多生命的难关，她的平稳让我佩服。

其他没有医术的同学，也暗自提供友情温暖。每每到了星期日，就会有同学温馨相约，我们的聚会有时变成"老饕会"，有时变成"股友社"。

我知道她胜我许多，我太毛躁，抗压性大不如她。

从她身上，我学到了"对生命的宽容"。

念 EMBA 时的同学，其实是我看过最不以"利害关系"来交往的一群人。同学们都见过大风大浪，谁家有事，总能冷静地传达热情。

前不久，有位同学离了职，准备自行创业。另一位同学听闻竟对他说："刚创业要省钱，这样吧，我办公室里还有空间，就先让你用好了，你可以在筹备阶段，省下一笔钱！"有人发挥了同学爱，使创业的同学得到了"免费办公室"。

钱不是坏东西呢！有钱，所以不计较。

从他身上，我学到"慷慨"。

每个靠自己赚到钱的人和每一个成功的人，一定有他的长处。

没错，大多数念 EMBA 的都是有钱人和高阶主管。

有些人本来看起来油里油气，一开口可能都是句句打屁，但你了解他之后，会发现他其实是一块和氏璧。

我曾经为班上一位同学，写过一个"从三岁开始坚强"的小故事。

是这样的，有一阵子，我因某些问题十分沮丧，心想：不如不念算了。这位平时只会插科打诨的同学，听完我的状况后对我说："有人不喜欢你，你就要离开吗？在我看来这根本不是困难，也不值得沮丧！"

一个忧愁的人最生气的，就是别人把你肩上千斤重的石头看成一粒砂。我有些恼火，问他："那什么才叫困难呢？"

那天，他说了他幼年的故事："我三岁就开始坚强。"他一生的坎坷令人难以想象。爸爸、妈妈是韩国的华裔大学生,相爱的俩人结了婚,生下他,却在当地的内乱下被暗杀,不到一岁的他就成了孤儿。

一位有爱心的华侨看他可怜,领养了这个可爱的小男婴,把他交给太太抚养。养母脾气不好,也没什么耐心,能够喂饱他就不错了,动不动就拿他出气。

三岁时,当地流行小儿麻痹,他被感染了,在等死的状况下挣扎。退烧后两条腿都萎缩,养母和姐姐们还笑他:"你这辈子只能够像虫一样在地上爬。"没有人帮他复健,只把他放在一个角落里,让他每天看着天花板发呆。

他想要自己爬行,养母要他死了这条心,说他将来只能乞讨。他从小聪明,虽然那时只是个幼儿,但别人的嘲笑,他都听得懂,他暗自发誓要脱离这个没有归属感的家。为了避免她们的打击,他都等半夜养母和姐姐们睡着了,才一个人在客厅扶着墙壁,试图让自己站起来。

听了他的话,我深感惭愧。一个没有经过什么大折磨的人,才会让芝麻大的小困难堵住自己的前路。

我常在沮丧或怨天尤人时想起这个故事。这种难以撼动的坚强,我学会了吗?

从他身上,我学到了"坚强"。

白手起家的同学很多。

我的同学年龄层和职业大不相同，所以能像万花筒一样呈现出许多面貌。

有一位德高望重的董事长，名字很熟悉，经过同龄同学提醒，我才发现：原来我中学念的数学参考书，就是他写的。后来他从事营建业，显赫一时，但十年前因过度投资，从拥有万贯家产变成负债好几十亿。

他没有逃走，十年来，经过种种努力，东山再起，身价又变成了百亿以上。

他是班上最认真的学生，上课总坐在第一排，每天必定念一小时书才睡觉。

不但在办旅游活动时出钱，自己还当起导游来，巨细靡遗地为同学们介绍沿路风光。

我发现，在学校里，越有钱、越有能力的人，姿态总是摆得很诚恳、很随和、很低。因为他们不怕把自己摆低。

从他身上，我学到了"谦恭"。

还有一位同学的求学生涯充满戏剧性。刚入学不久，我们就在电视上看到他。他被判刑三年，因为智慧财产权的问题，法官要他一个月内缴纳三亿元罚款，否则他以及与他一同挂名的爸爸和弟弟，就要锒铛入狱。

他为连累父亲很是愧疚，父亲竟然对他说："你们年轻人不能坐牢，我没关系，我 70 岁了，算一算坐三年牢总共会赚一亿，我打算去坐牢！"老人家算的竟然是：坐牢一天可以赚十几万！（哇，真是虎子无犬父呀！）

他怎么可能舍得让爸爸入狱，可是，一个月内实在借不到三亿元。

不知该不该说他运气好，有个创投基金，出了十亿买他的公司。忽然，他因祸得福，发了大财，缴清了罚款。

他的父亲当然也没法每天赚十几万了。

我开玩笑对这位同学说："你以前书一定念得不好，对不对？"

"你怎么知道？看得出来吗？"

"我猜的，因为书念得好的，都变成乖乖牌，很容易找到工作，所以也很难有动力创业。"我说，"还有，乖乖牌只习惯符合大众期望，只要想到可能有一点风险或坐牢危险，就会打退堂鼓，不会像你那么勇往直前。"

从他身上，我学到了"果敢"。

赚钱，也赚友情

这些同学都算是有钱人。

每个小故事里，我都提到了"钱"，难免让你从中嗅到些许市侩味吧。

我在 EMBA 学到最受用的东西，其实是友情。

我曾经发过一封 E—mail 给同学："钱，生不带来死不带去；事业，总有一天不属于你；再热烈的爱情会变淡，再乖巧的儿女也会离巢。嘿！

只有朋友会陪你到老。"

这个感性开场白，只是某一次我请全班同学吃法国餐的请帖。至于我为什么会请全班吃饭呢？没别的，只因被同学请了太多次，都没能付钱，心里过意不去。

很意外的，虽然大家都很忙，但只要是当天在台湾的，全部都来了。而我们把法国餐厅的浪漫，搞成了流水席的喧哗。餐厅老板抱怨："你们根本不在意吃什么，大家都坐不住，到处讲话，这样真的很难上菜啦。"

我想，我会一直记住这种喧哗的美好。

图书在版编目（CIP）数据

遇见·一个人的好时光 / 吴淡如著．—北京：国际文化出版公司，2014.7
ISBN 978-7-5125-0714-2

Ⅰ.①遇… Ⅱ.①吴… Ⅲ.①散文集－中国－当代 Ⅳ.①I267

中国版本图书馆CIP数据核字（2014）第148252号

《遇见·一个人的好时光》经作者吴淡如授权国际文化出版公司在中国大陆地区独家出版发行。

著作权登记号 图字：01-2014-5281号

遇见·一个人的好时光

作　　者	吴淡如
责任编辑	戴　婕
统筹监制	葛宏峰　李　莉
策划编辑	李　莉
特约编辑	周　贺　孙　霁
美术编辑	秦　宇
出版发行	国际文化出版公司
经　　销	国文润华文化传媒（北京）有限责任公司
印　　刷	三河市华晨印务有限公司
开　　本	880毫米×1230毫米　　32开 8.5印张　　　　　　　157千字
版　　次	2014年7月第1版 2014年7月第1次印刷
书　　号	ISBN 978-7-5125-0714-2
定　　价	29.80元

国际文化出版公司
北京朝阳区东土城路乙9号　　邮编：100013
总编室：（010）64271551　　传真：（010）64271578
销售热线：（010）64271187
传真：（010）64271187-800
E-mail：icpc@95777.sina.net
http://www.sinoread.com